Pink

Birgit Hasselbusch

Fantastic Fernanda, mein Fast-Freund & ich

PINK • Ein Imprint von Oetinger Taschenbuch

Außerdem von Birgit Hasselbusch bei PINK erschienen:

Herzbube
Mein fast genialer Sommer

PINKpressum

1. Auflage 2017

Originalausgabe

Umschlaggestaltung: ZERO Werbeagentur GmbH, München
Umschlagmotiv: Finepic®
Druck: Livonia Print SIA, Ventspils iela 50, LV-1002, Riga, Lettland
ISBN 978-3-86430-058-5

FSC
www.fsc.org
MIX
Papier aus verantwortungsvollen Quellen
FSC® C002795

www.oetinger-taschenbuch.de

01

Wie ein Königspython rollte ich meine Zunge irgendwo zwischen Gaumen und unteren Backenzähnen ein. »Rrrrrrrrrrrr. So muss das klingen«, machte ich vor und gab ihm ein Zeichen. »Versuch's noch mal. So schwer ist das rollende R nicht. Sag mal *ferrocarril.*«

Sascha verrenkte seinen Kiefer, wobei seine linke Mundhälfte gefährlich nahe vor einer Maulsperre stand. »Hüssen alle Banier das so bachen?«, quetschte er zwischen den Zähnen hervor.

»Ja, allerdings sehen die Spanier dabei nicht so aus, als würden sie eine heiße Kartoffel auf der Zunge balancieren«, gab ich lachend zurück.

»Mann, Leo, ich krieg es einfach nicht hin. Spanisch ist nix für mich.« Resigniert blickte Sascha mich an. »Ich weiß ja nicht mal, was dieses *Ferro*-Dingsbums ist.«

»*Ferrocarril* heißt ›Eisenbahn‹«, erklärte ich ihm.

Sascha und ich gingen in dieselbe Klasse. Während ich in Fremdsprachen eine echte Leuchte war, kam mir Mathe total spanisch vor.

»Du könntest auch *perro* sagen, um das R zu üben«, schlug ich vor. »Das Wort ist kürzer.«

»Ha! *Perro* heißt ›aber‹ auf Deutsch, stimmt's?« Sascha strahlte übers ganze Gesicht, als hätte er den Jackpot geknackt.

»Fast. *Perro* heißt ›Hund‹. *Pero* heißt ›aber‹.« Ich kicherte. Auffällig oft tat ich das. Das sollte man als ernst zu nehmende Lehrerin eigentlich lassen, schließlich wollte man seriös rüberkommen. Ein Dutt und zusammengekniffene Lippen halfen da. Allerdings war das schier unmöglich. Schließlich saß hier in unserer Küche der Junge neben mir, für den ich sogar die spanische Staatsbürgerschaft angenommen hätte, nur um ihm Nachhilfe geben zu können. Und um ihm nahe sein zu können. Ich würde auch Serbokroatisch oder Mandarin für ihn lernen, wenn es denn sein müsste. Wie verknallte Mädchen nun mal so sind. Völlig durchgeknallt und unvernünftig! Na ja, besser als normal und vernünftig, denn das war doch langweilig.

»Hast du noch 'ne Cola?«, fragte Sascha.

»Okay. Aber sag erst, was das auf Spanisch heißt.«

»Puh!« Sascha verdrehte die Augen. »*Tengo dursto?*«, schlug er nach kurzem Überlegen vor.

Ich lachte lauthals auf, was auch nicht sonderlich souverän war. Egal. Mir war es nur recht, wenn Sascha keine Fortschritte machte. Umso länger würde ich ihn unterrichten können. Dass ich ihm Nachhilfe gab, war die offizielle Version. Inoffiziell war das hier mein allererstes Date mit Sascha, der mein Herz doppelte Salti schlagen ließ. Denn bislang war er für mich genauso unerreichbar gewesen wie die braunen Ugg-Boots.

»Jawohl«, lobte ich Sascha und hätte ihm beinahe auf die Schulter geklopft. Körperkontakt jedoch traute ich mich noch nicht. »*Tengo dursto y hungero*. Mann, Mann, Sascha. Du bist voll der Spanisch-Lauch.« Ich stand auf, griff mir eine Flasche aus dem Kühlschrank und stellte sie zusammen mit einer Kekspackung auf den langen Holztisch.

»Na und? Auf Mallorca sprechen eh alle Deutsch!«

»Trotzdem üben wir weiter. Ich will vor Herrn Steinhagen nicht wie der letzte Idiot dastehen.«

Meinen Spanischlehrer hätte ich knutschen können, als er die Sache mit der Nachhilfe vorschlug.

»Sascha. Dein Spanisch ist so wie der Hackbraten meiner Schwiegermutter. Eine ungenießbare Vollkatastrophe!«, hatte Herr Steinhagen gestöhnt. »Die Einzige, die dich noch retten kann, ist Leo. Bring ihm das mal bei, *vale*!? Okay?«

Wie ein Wackeldackel hatte ich begeistert genickt, was mir einen Tritt meiner Freundin Kati einbrachte.

»Lass dir doch nicht immer gleich anmerken, dass du ihn am liebsten schon morgen heiraten würdest.«

»Stimmt doch gar nicht«, hatte ich flüsternd zurückgegeben und Kati tadelnd angesehen. »Ich will ihn nicht morgen heiraten. Noch viel lieber gleich heute!«

Kati war mit dem Kopf auf den Tisch gesackt. Offenbar fand sie, dass ich Nachhilfe in Coolness brauchte.

»Was heißt ›Flasche‹ auf Spanisch?«, griff ich den Faden wieder auf, obwohl es mir eigentlich egal war, ob er es wusste.

»Irgendwas mit Bo. Oder nein, so was wie Nutella«, rief Sascha und stopfte sich den zweiten Keks in den Mund.

»Hm, super Eselsbrücke.« Am liebsten hätte ich ihn umarmt, aber schon bei dem Gedanken daran wurde ich knallrot. »*Botella* heißt es«, korrigierte ich ihn.

»Sag ich doch!« Sascha zuckte mit den Achseln.

Ich lächelte. Dann würde ich ihm eben den nächsten Aufsatz schreiben. Nicht dass er wegen Spanisch noch sitzen blieb. Das wäre mein Untergang. In der Klasse unter uns würden sich die dreizehnjährigen Mädchen um ihn reißen! Nichts da. Sascha gehörte mir. Und er hockte in meiner Küche. Wir beide waren ganz alleine, ungestört.

»Na, lernt ihr schön?« Meine Mutter Ines steckte den Kopf zur Tür herein. Dabei hatte sie vorhin noch hoch und heilig versprochen, sich nicht blicken zu lassen. Na ja, Mütter versprachen ja auch gerne mal, nicht sofort zu schimpfen, wenn etwas Unvorhergesehenes passierte. Um dann einen Tobsuchtsanfall zu bekommen, wenn ein Glas Orangensaft auf dem Sofa umkippte.

»Ja, ich frage Sascha Vokabeln ab. Er wollte mir gerade sagen, was ›Mütter sollten niemals beim Nachhilfeunterricht stören‹ auf Spanisch heißt.«

Meine Mutter verstand den Wink mit dem Zaunpfahl und lachte. Glücklicherweise hatte sie Humor. Das musste sie auch mit einem Mann, der noch nicht einmal wusste, wie man den Herd anstellte. Und mit einer Tochter und einem Sohn, die gerne vergaßen, den Herd wieder auszustellen.

»Ich bin ja schon weg, keine Sorge. Wollte nur sagen, dass

wir nachher noch was Wichtiges besprechen müssen. *Hasta luego*. Bis später.«

»Oha. Das klingt nach Familienrat«, meinte Sascha.

»Ach, wahrscheinlich sollen Lars und ich nicht mehr so viel telefonieren und auf dem Handy daddeln. Oder, worst case, Taschengeldkürzung.«

»Apropos«, sagte Sascha, »was schulde ich dir eigentlich für den Nachhilfeunterricht?«

»Äh, ach so.« Ich kratzte mich am Kopf. Natürlich wollte ich überhaupt kein Geld von Sascha. Ich würde IHN ja sogar noch dafür bezahlen, dass er hierherkam. So verstrahlt war ich schon! Das durfte ich ihn natürlich nicht merken lassen. Kati würde mich sonst killen.

»Wie wär's«, schlug ich Sascha vor, »wenn du mich mal auf 'n Sandwich oder so einlädst? Also, als Bezahlung.«

Was hatte ich da gerade rausgehauen? Anstatt übers Geld zu verhandeln, hatte ich ihn mit einem billigen Spruch angemacht. Oje, bestimmt würde er nie mehr wiederkommen wollen! Gleich würde er aufstehen, gehen und sagen, dass ich die Sache nicht ernst genug nahm.

»Ein Sandwich also?«, wiederholte er.

Verunsichert nickte ich.

»Klar, solange du nicht von mir wissen willst, was das auf Spanisch heißt.«

Ich strahlte. »*Bocadillo!*«, antwortete ich.

»Po-was?«, fragte er amüsiert nach.

»*BOcadillo!*«, gab ich zurück. »Und die zwei l spricht man wie ein j. Wie bei Mallorca.«

»Das merk ich mir. *Botella. Bocadillo. Bonos días.*«

»*Buenos días*, du *botella en español*!«, rief ich gackernd. Mir schmeckte das hier immer mehr.

»Du meinst also, ich bin eine Flasche in Spanisch?«

»Hey, du hast ja doch was behalten!«

Sascha hielt beide Daumen hoch und feierte sich selbst. »Kein Wunder bei der Lehrerin. Und meiner Hochbegabung. Ich lade dich also bald mal zu irgendwas ein.«

Ich freute mich wie ein Schnitzel. *Fantástico!*

Das Sandwich und ich waren noch im Spiel. Sascha hatte angebissen.

02

»Hola, chica!« Ich überlegte, ob meine Mutter einen Clown gefrühstückt und ihn bis zum Abendbrot immer noch nicht ganz verdaut hatte. Vermutlich fand sie sich wahnsinnig witzig, wie sie ihre paar Spanischbrocken jonglierte. Zum Glück war Sascha nicht mehr da und musste nicht miterleben, wie Ines Schneider sich zum Affen machte. Und damit war sie nicht die Einzige der Familie. Ich lebte quasi in einer Art Zoo. Mein Vater fand, er war ein Tiger. Ein Lus-Tiger! Und im Zimmer meines Bruders Lars roch es wie in einer Pumahöhle.

Außerdem erzählten sie alle gerne mal einen vom Pferd. Na ja, ehrlich gesagt gefiel es mir auch, dass meine Eltern oft so einen Zirkus veranstalteten. Wenigstens waren sie nicht so spießig wie andere Väter und Mütter. Chaotisch und peinlich, ja. Aber es war immer was los bei uns.

»Wir kriegen vielleicht Zuwachs!«, verkündete Mami.

»Waaas? Bist du schwanger?« Geschockt riss ich meine Augen auf.

»In dem Alter doch nicht mehr!«, meinte Lars lapidar und biss ungerührt von seinem Brot ab.

Mami kniff die Augen zusammen. »Bin ich schon so alt?«, fragte sie mit Seitenblick auf ihren Mann.

»Nein, natürlich nicht«, antwortete der schnell, weil er wusste, dass sonst binnen Minuten die Niagarafälle durchs Esszimmer strömen würden. Wenn die Tränenschleusen seiner Frau erst einmal geöffnet waren, gab es kein Halten mehr.

»Ihr findet also, ich bin eine alte Schachtel!«, stellte sie trocken fest. »Oder, Tobias?«

»Neihein!« Papa wurde ungewöhnlich laut. Ihn interessierte etwas ganz anderes. »Bekommen wir wirklich noch ein Kind?« Irgendwie schien er unter Schock zu stehen.

»Nein, tun wir nicht«, antwortete Mami und schob noch trotzig hinterher: »Aber wir könnten, wenn wir wollten.« Ich konnte mich täuschen, aber es hörte sich an, als wenn Papa kurz durchatmete.

»Worum geht es denn nun?«, fragte er. Es war gut, dass mein Vater so pragmatisch war. Ohne ihn hätten wir vermutlich gleich begonnen, Babynamen zu diskutieren, ohne überhaupt eine Schwangere zu haben.

»Um so eine Art Schwester«, sagte Mama. »Eine Austauschschülerin aus Mexiko.«

Drei Augenpaare starrten sie gebannt an.

»Ja und? Was ist mit ihr?«, fragte ich endlich, weil Mami sich in aller Seelenruhe ihr Schwarzbrot mit Butter bestrich und kleine Tomatenstückchen darauf verteilte.

»Sie sucht eine Unterkunft.«

»Lass dir doch nicht jedes Wort aus der Nase ziehen!« Papa wurde langsam ungeduldig. »Wer, was, wann, wo?«

Als Journalist klärte er gern als Erstes die W-Fragen ab.

»Fernanda heißt sie. Sie kommt für ein paar Monate an eure Schule. Die Familie, in die sie eigentlich sollte, zieht aus Hamburg weg. Deswegen suchen sie jetzt jemanden, der das Mädchen aufnimmt«, gab Mama Auskunft und biss genüsslich in ihr Brot. Eine Tomate flutschte an der Seite runter und landete auf ihrer Hose.

»Und da haben sie an uns gedacht, weil wir eh so viel Wäsche waschen müssen, dass eine Person mehr oder weniger gar nicht auffällt?«, meinte ich und betrachtete grinsend den Fleck auf Mamis Jeans.

»Ja, so ungefähr!«, stimmte sie mir lachend zu und rieb an dem Fleck, was das Ganze noch viel schlimmer machte.

»Wieso haben sie dich denn schon wieder gefragt?«, wollte Papa wissen. »Reicht es nicht, dass du im Schulcafé hilfst und Elternvertreterin bist?«

»Sie wollten einfach, dass das Mädchen in die Familie mit dem bestaussehenden Vater der Stadt kommt. Da kamen leider nur wir infrage.«

Papa lachte, betrachtete prüfend sein Spiegelbild im Fenster und nickte.

Mami neckte Papa nur zu gerne. Ich fand das besser als Eltern, die gar nicht mehr miteinander redeten.

»Also, von mir aus kann sie hier wohnen«, sagte Lars achselzuckend und riss seinen dritten Joghurt auf. »Ich ziehe ohnehin bald aus.«

»Gar nicht. Du bist siebzehn. Du bleibst schon noch ein, zwei Jährchen bei uns, Freundchen«, antwortete Papa.

Lars rollte mit den Augen. »Ist ja gut. Jedenfalls bin ich sowieso nie da. Kann gerne einziehen, die Mexikanerin. Wie alt ist sie denn eigentlich? Hast du ein Foto?« Lars wirkte auf einmal sehr interessiert.

»Untersteh dich!«, mahnte Mami. »Sie ist fünfzehn.«

»Okay«, sagte Lars nur und blätterte gelangweilt in einem Heft herum.

Das wurde ja immer besser. Nicht nur, dass ich eine Freundin direkt im Haus haben würde, mit Fernanda könnte ich auch noch Spanisch sprechen und vor meinen Freunden angeben. Vielleicht würde ich bei Sascha bessere Chancen haben, wenn ich eine Austauschschülerin präsentieren konnte! Das war im Grunde noch cooler als ein Partykeller oder ein Swimmingpool. Nur eine Sache bereitete mir Sorgen.

»Wo soll sie denn dann schlafen?« Es würde mich ja nicht stören, eine Freundin ein, zwei Nächte in meinem Zimmer unterzubringen. Ein paar Monate jedoch erschienen mir ganz schön viel. Schließlich kannte ich diese Fernanda noch gar nicht. Was Mami erzählte, klang zwar alles richtig nett, aber wusste man es? Es konnte ja sein, dass wir uns gar nicht mögen würden. Und außerdem bekam ich Panik bei der Vorstellung, mir mit jemandem meinen Kleiderschrank teilen zu müssen.

»Wir haben uns da was ausgedacht«, begann Mami und fing sich sofort einen irritierten Blick ihres Mannes ein. Meine Mutter verkaufte Dinge, die nicht ganz koscher waren, gerne als gemeinsame Ideen. Manchmal glaubte Papa sogar schon, er hätte bereits alles mit Mama besprochen. In diesem Fall machte er allerdings einen komplett ahnungslosen Eindruck.

»Na ja, Fernanda könnte in dein Zimmer, Leo.«

Meine Kinnlade sackte auf halb acht. »Wieeeee bitte?«

Das lief überhaupt nicht so, wie ich es mir vorgestellt hatte. Wo sollte ich denn dann bitte hin? In den Keller? Ins Gartenhäuschen? In die Badewanne? Nicht mit mir.

»Reg dich ab. Hör doch erst mal zu.« Mama versuchte mich zu beruhigen. »Das Zimmer im Erdgeschoss ist ja jetzt fertig renoviert. Da könntest du rein.«

Abrupt hörte ich auf zu nörgeln. »Das wär ja super. Aber das soll doch das Gästezimmer werden und …«

»Aber da wollte ich mir doch mein Arbeitszimmer …«, rief Papa entrüstet dazwischen.

»Ja, ja. Die Dinge ändern sich«, unterbrach Mami ihn.

»Wieso möchtest du eigentlich unbedingt, dass dieses Mädchen zu uns kommt?«, erkundigte sich Papa. »Also, ich habe ja gar nichts dagegen, ich wundere mich nur.«

Das hatte ich mich auch schon gefragt. Es gab mehrere Möglichkeiten. Vielleicht wollte meine Mutter mit den zwei linken Händen einfach mal jemanden im Haus haben, der vernünftig kochen konnte. Tortilla, Tacos, Enchiladas. So was. Oder sie wollte einfach nur was Gutes tun. Mama war nämlich wirklich ein guter Mensch. Sie half, wo sie konnte. Am Milchstand in der Schule, beim Basar in der Kirche, beim Papierordnen von Papa. Sie half sogar alten Leuten über die Straße, die gar nicht rüberwollten.

»Ein bisschen Abwechslung kann doch nicht schaden«, antwortete Mami. »Außerdem könnte Fernanda sonst nicht nach Deutschland kommen, und das würde mir echt leidtun.«

Papa strich seiner Frau über den Rücken. Ihr warmes Herz ließ auch ihn nicht kalt.

»Und wieso gebt ihr Fernanda nicht das Zimmer im Erdgeschoss?«, mischte Lars sich nun ein.

Mein Tritt gegen sein Schienbein war ein Volltreffer. Lars stoppte sogar kurz den Joghurtlöffel auf dem Weg zum Mund. »Egal!«, meinte er und machte das Peace-Zeichen.

»Das heißt, ich könnte unten in das Zimmer rein?«, hakte ich nach, um meine Eltern ja nicht auf falsche Gedanken zu bringen.

Die beste Mutter auf der ganzen Welt, die mit dem Tomatenfleck auf der Hose, nickte.

»Wahnsinn!«, rief ich und sprang vor lauter Freude vom Tisch auf. In Zukunft würden Mama, Papa, Lars und Fernanda also im ersten Stock schlafen, während ich unten im Erdgeschoss richtig weitab vom Schuss war. Das Allerbeste jedoch war, dass ich ein eigenes Bad und einen eigenen Ausgang nach draußen haben würde. Niemand würde merken, wenn ich mich abends noch mal schnell durch die Garage verdrückte. Ein Traum. Der Jackpot!

»Die Garagentür mauer ich dann aber zu!«, verkündete Papa, so als habe er meine Gedanken gelesen.

Vor Schreck blieb mir der Mund offen stehen.

»Mann, schock sie doch nicht so!«, meinte Lars lachend und stieß Papa in die Seite. »Sie hat sich doch schon alles so schön ausgemalt.«

Papa grinste ebenfalls. »War ein Scherz. Du glaubst doch nicht etwa, dass ich in meiner Freizeit Lust habe, irgendwelche Maurerarbeiten auszuführen. Da gebe ich meinem Töchterchen lieber Freigang und leg selber die Beine hoch.«

»Tobi, am nächsten Wochenende müssen wir übrigens bei dem Flohmarkt helfen«, sagte Mama geistesabwesend, während sie etwas in ihr Handy tippte.

»Was schreibst du denn da?«

»Ich schreibe Leos Lehrer, Herrn Steinhagen, dass das klargeht mit Mexiko.«

Ich freute mich. Nicht nur wegen des Zimmers. Auch wegen Fernanda.

Lachend schüttelte Papa den Kopf. »Zack. Bum. Entschieden. Du fackelst echt nicht lange. Davon sollten sich die Politiker mal 'ne Scheibe abschneiden. Gutes Projekt. Abnicken. Fertig.«

Mami nickte stolz. Jeden Tag eine gute Tat. Den Pfadfinderspruch hatte sie beherzigt.

»Unsere Mutter!« Lars stand auf und umarmte Mami von hinten. Das hatte er das letzte Mal gemacht, als sie ihm den Motorroller zu Weihnachten geschenkt hatte.

»Genau! Schnelle, gute Entscheidungen. Darin bist du top!« Er drückte ihr sogar noch einen Kuss auf die Wange.

»Was willst du?«, fragten Mami und Papa gleichzeitig. Und misstrauisch.

»Ich wollte nur fragen, wie's eigentlich mit einer Taschengelderhöhung aussieht?« Mit Unschuldsmiene blickte er in die Runde. »Na, Mami, gibt's 'ne schnelle Entscheidung?«

03

Zufälle wollen gut geplant sein. Als ich ein paar Tage später mit Kati ins Kino ging, lungerte dort auch Sascha mit ein paar Freunden rum. Genau so hatte ich es mir vorgestellt. Es war perfektes Timing gewesen, als ich neulich in der Schule gehört hatte, wie Sascha sich fürs Kino verabredete. Sofort hatte ich mir Kati geschnappt und ein Treffen für denselben Abend organisiert. Vorsichtshalber hatte ich ihr nicht erzählt, was mein eigentlicher Hintergedanke war. Sie hätte mir nur wieder Vorhaltungen gemacht. Bestimmt würde sie gar nicht merken, dass ich dieses Zusammentreffen perfekt ausgeklügelt hatte.

»Was für ein Zuuuufaaaallll!«, rief Kati gerade, als sie Sascha und die anderen sah. Dabei warf sie mir einen Blick zu, der sagte: »Du glaubst doch nicht etwa, dass ich auf die Nummer reinfalle.«

Ahnungslos zuckte ich mit den Schultern, und sie lachte anerkennend. »Leo, du meinst es wirklich ernst, was?«

Ich tat so, als wüsste ich von nichts, was Kati noch breiter grinsen ließ.

»Hey, guckt ihr auch den Actionfilm?«, fragte Sascha.

Ich nickte eifrig, während Kati die Augen verdrehte. Eigentlich hatte ich sie mit der Aussicht auf eine romantische Komödie ins Kino gelockt. Da wusste ich ja noch nicht genau, in welchen Film die Jungs wollten. Kati wäre jedoch nicht meine beste Freundin, wenn sie wegen ein paar explodierender Autos gekniffen hätte. Ganz nebenbei bemerkt hatte sie aber auch nichts dagegen, neben Tom zu sitzen.

»Wollen wir noch irgendwo ’n Happen schnappen?«, fragte Sascha nach dem Abspann.

»Klar!«, antwortete ich sofort. Dabei war ich pappsatt von dem Popcorn, aber egal – zur Not würde ich auch ein halbes Schwein vertilgen. Im Kino selber war nämlich nicht viel passiert. Also, auf der Leinwand schon. Nur nicht auf den Sitzen davor. Ich hatte es noch nicht einmal geschafft, neben Sascha zu sitzen. Max, der Loser, hatte sich zwischen uns gequetscht und Sascha die ganze Zeit mit irgendwelchen Laser-Tag-Spielen vollgequatscht.

»Ich schulde Leo nämlich noch ein Sandwich!«, erklärte Sascha und lächelte mich an. »Der *muy fantástica* Spanisch-Nachhilfelehrerin.«

Mir war nicht ganz klar, ob er mich auf den Arm nahm. Ehrlich gesagt würde ich mich von ihm liebend gern auf den Arm nehmen lassen.

»Sag mal, stimmt es, dass diese Mexikanerin jetzt zu euch kommt?«, fragte Max, als wir in dem Schnellrestaurant saßen.

Ich nickte nur, weil ich gerade in einen Burger biss, den Sascha mir tatsächlich ausgegeben hatte. Mein erster Arbeitslohn – wenn auch in Naturalien ausgezahlt.

»Ja, Fernanda kommt bald und bleibt drei Monate«, erklärte ich, nachdem ich geschluckt hatte.

»Cool, dass deine Eltern das erlauben«, fand Sascha.

»Wo schläft sie denn dann? Mit dir in einem Zimmer?« Max hatte sich viel zu viel Ketchup auf den Burger gepackt. Vorne biss er rein, hinten quollen Salat und Ketchup heraus.

»Nein, Leo bekommt ein megacooles Zimmer«, erzählte Kati begeistert. »Mit eigenem Ausgang!«

Kati hatte schon überlegt, ob sie sich von meinen Eltern adoptieren lassen sollte. Das Zauberwort war der eigene Ausgang gewesen. Der war noch besser als ein eigenes Tablet oder Gutscheine für Hollister.

»Echt? Wie eine eigene Wohnung?« Sascha und Max waren baff. Vielleicht planten sie schon heimliche Feten in meinem Zimmer. Sollte mir nur recht sein.

»Na ja, fast. Das Wohnzimmer ist direkt nebenan. Aber durch die Garage kann man raus.«

»Und auch rein, oder?« Max wagte sich weit vor.

»Ja, rein auch«, meinte ich, stopfte mir aber schnell eine Pommes in den Mund, weil ich nicht glauben konnte, dass ich so ein intimes Gespräch führte. Mit dem Falschen.

»Ich muss aber erst noch aus dem ersten Stock ins Erdgeschoss ziehen. Vielleicht streich ich auch noch mal neu.«

»Sag mal, Sascha, bist du nicht staatlich geprüfter Farbenmischer?«, wollte Kati wissen. Ich sagte es ja. Im entscheidenden Moment konnte ich immer auf sie zählen.

Sascha verstand die Anspielung nicht gleich, lachte dann aber.

»Na klar, speziell für die Rosatöne. Dafür habe ich sogar eine Sonderauszeichnung bekommen.«

Mein Bauch bebte. Sascha brachte mich immer zum Lachen. »Ich kann dir gerne beim Umzug helfen, Leo«, bot er an. Für mich klang das fast wie ein Heiratsantrag.

»Okay, klasse.«

»Ich helf dir auch gerne beim Streichen.«

»Beim Streicheln?«, warf Tom gackernd ein.

Wie peinlich! Sofort wurde ich knallrot.

»Witzbold!«, rügte Kati ihn, weil sie wusste, dass ich gleich vor Scham im Boden versinken würde.

»Nein, beim Streichen, aber bitte nicht in Rosa. Höchstens Pink!«

»Das kriegen wir hin«, versprach Sascha. »Hast du dann auch einen eigenen Fernseher?«

Ich zuckte mit den Schultern. »Kommt drauf an, ob neben der Sauna, dem Whirlpool und dem Fitnesscenter noch Platz ist.«

Sascha, Tom und Max saßen mit offenem Mund da. Kati grinste. Dann fiel auch bei Sascha der Cent.

»Mhhh, klar. Und was ist mit dem Tennisplatz?«

»Der ist in Planung. Vielleicht wird's auch ein Golfplatz«, stieg ich sofort darauf ein.

»Echt?« Max war einer, der einfach alles glaubte. Ihm konnte man auch erzählen, dass Fußbälle bald viereckig sein würden und das Tor rund.

»Mann, Max«, rief ich kopfschüttelnd. »Natürlich nicht. Es ist zwar ein Extraraum, aber doch keine Luxussuite.«

»Kein Whirlpool.«

»Nope!« Ich konnte mich irren, aber er sah etwas enttäuscht aus.

Angeben war ein Hobby an unserer Schule. Wer reiche Eltern hatte, war beliebt. Simon beispielsweise galt als cool, weil seine Familie einen Swimmingpool im Garten hatte. Ohne das Schwimmbad wäre er ein stinknormaler Junge gewesen. Ehrlich gesagt bin ich lieber uncool und hab dafür ein paar echte Freunde.

»Also, hilfst du mir beim Streichen, auch wenn die Sauna gestrichen ist?«

Sascha nickte grinsend. »Hauptsache, wir haben eine gemütliche Ecke zum Spanischlernen!«, meinte er lächelnd.

Läuft! Ich konnte mein Glück kaum fassen. Kati stieß mir von hinten leicht in den Rücken. Sie merkte, dass sich hier wirklich was anbahnte und ich nicht irgendein Sascha-Luftschloss gebaut hatte.

»Was heißt eigentlich noch mal Zimmer auf Spanisch?«, neckte ich ihn.

Er winkte sofort ab. »*Nada*. Nix da. Ich habe Freizeit!« Dann flüsterte er noch was. So richtig verstehen konnte ich es nicht, weil es in dem Burgerladen so laut war und mein Handy klingelte. Ich meinte aber, Sascha hätte gemurmelt: »Obwohl Vokabeln lernen mit dir fast so schön wie Freizeit ist.«

Das würde ich gleich noch mal genauer abchecken. Ich

hatte das Gefühl, eine Flanke bekommen zu haben, die ich nur noch verwandeln musste. In wenigen Sekunden würde ich meinen verbalen Volltreffer landen. Und ihm so was sagen wie: »Wir können die Nachhilfe auch gerne mal zusammen schwänzen.«

Allerdings klingelte mein Handy immer noch, und ich sah auf dem Display, dass es meine Mutter war. Typisch! Sie machte mir mal wieder einen Strich durch die Rechnung. Es reichte ihr wohl nicht, dass sie neulich schon in die Küche geplatzt war.

»Ja, hallo!«, meldete ich mich und klang so genervt wie ein Teenager, der eine Mutter als Babysitter hatte.

Theatralisch verdrehte ich die Augen und hoffte, Sascha würde nicht vergessen, was er gerade gesagt hatte. Mir gefiel, dass ich mit meiner kleinen Show hier im Mittelpunkt stand. Meine Wangen glühten, meine Augen strahlten, Sascha saß direkt neben mir und hatte mir gerade unser erstes richtiges Rendezvous angeboten. Ohne Lernen. Der Tag war ein voller Erfolg. Könnte der schönste meines Lebens werden. Dachte ich.

»Oh. Okay. Was ist denn?«, fragte ich ernst in mein Handy hinein. Mucksmäuschenstill war es ganz plötzlich am Tisch geworden. Selbst Max war aufgefallen, dass der Anruf meiner Mutter wohl nichts mit Party und Konfetti zu tun hatte.

»Ja, mach ich. Bis gleich!«, sagte ich und drückte den Ausknopf.

»Was ist denn passiert?«, bombardierten mich die anderen mit Fragen.

Doch ich konnte nicht reagieren. In meinem Kopf überschlugen sich die Gedanken. »Ich weiß es auch nicht so genau. Hat sie nicht gesagt«, antwortete ich nach einer Weile. »Sie war irgendwie komisch. Ich geh mal besser nach Hause.«

Mit einem Schlag war meine gute Laune dahin. Wann hatte ich meine Mutter das letzte Mal so gehört? Sie hatte ganz anders als sonst geklungen. Ganz anders.

»Ich komm mit und bring dich«, bot Kati an. Auch die Jungs sprangen auf.

»Nein, nicht nötig.« Ich winkte ab, denn ich wollte meinen Freunden nicht den Abend verderben. Eine innere Stimme sagte mir, dass der Tag für mich wohl nicht so gut enden würde, wie er angefangen hatte.

04

Mein Bruder hatte keinen dummen Spruch auf Lager. Allein daran merkte ich schon, dass irgendwas passiert war. Meine Eltern saßen mit hängenden Köpfen am Esstisch. Daneben, und das beunruhigte mich am meisten, hockte Opa. Es versetzte mich in Panik, denn um diese Zeit machte es sich Opa sonst immer auf der Couch gemütlich und sah sich die *Tagesschau* an. Oma servierte ihm Schnittchen und ein Bier dazu. Etwas stimmte hier ganz und gar nicht.

»Was ist los?«, fragte ich ängstlich.

Mami sprang von ihrem Stuhl auf und nahm mich in den Arm. Es war keine flüchtige Umarmung. Sie klammerte sich eher an mich. »Leo, Süße. Es ist etwas Schlimmes passiert. Oma ist ...« Dann brach meine sonst so lustige Mutter in Tränen aus.

Papa schaute mich ernst an und übernahm das Sprechen. »Oma Emmi ist gestorben.«

»Nein!«, schrie ich auf. So als könnte ich meine Oma durch Lautstärke wieder lebendig machen. Das konnte doch nicht wahr sein! Noch vor ein paar Tagen hatte ich Oma gesehen und bei ihr in der Küche Milchreis gegessen. Den schmeckte ich geradezu noch. Genau wie ihren Kuss auf meiner Stirn. Es musste ein Missverständnis sein.

»Das stimmt doch nicht«, sagte ich trotzig, konnte aber nicht verhindern, dass sich meine Augen mit Tränen füllten.

Opa Anton blickte zu mir, so traurig und leer, dass ich wusste, dass es wahr war. Ich löste mich aus der Umarmung meiner Mutter und ging zu meinem Opa.

Er strich mir über die Wange. »Doch, Leochen. Die Oma hatte einen Herzinfarkt. Einfach so. Und dann war sie tot.«

Langsam ließ ich mich auf den Fußboden sacken und begann, die Flusen von meiner Strickjacke zu zupfen.

»Aber wieso denn?«, fragte ich mit einer Fistelstimme.

»Der Notarzt konnte nichts mehr machen«, erklärte Papa.

»Aber Oma war doch immer gesund!«, presste ich hervor. Lars setzte sich neben mich auf den Fußboden und sammelte die Flusen auf, die ich aufgehäuft hatte.

»Na ja. Das hat sie immer gesagt!«, flüsterte Mami schniefend. »Omi wollte nicht, dass wir uns Sorgen um sie machen.«

»Der Hausarzt hat schon vor Jahren gesagt, dass sie ein schwaches Herz hat«, meinte Opa und klang überhaupt nicht so wie der Mann, den ich seit vierzehn Jahre kannte. Frisch, fröhlich, unbesiegbar.

»Aber dass die Oma jetzt einfach vor mir geht, war so nicht geplant. Mit 78.« Opa atmete hörbar aus.

Im kommenden Jahr hätten Oma und er Goldene Hochzeit gefeiert. Ich hatte mir schon etwas ausgedacht, was ich vorführen wollte. Fotos zusammengesammelt.

»Das ist total gemein!«, brach es aus mir heraus.

»Ja, Leochen. Das stimmt.« Mami strich mir über den Kopf.

Ich liebte meine Omi Emmi wie wild. Nicht nur wegen des Milchreises. Immer hatte sie ein offenes Ohr für mich. Oft war ich nach der Schule zu Oma und Opa gegangen, wenn zu Hause niemand war. Jedes Mal war ich mit Süßigkeiten und viel Wärme empfangen worden.

»Na, Mäusken, was liegt dir denn auf dem Herzen?«, hatte Omi Emmi jedes Mal gefragt. Sie hatte dabei in ihrer karierten Schürze am Herd gestanden und in einem Topf gerührt. Das hatte immer so etwas Beruhigendes gehabt, dass es mir gleich viel besser ging. Egal, was passiert war. Opa mochte ich natürlich auch. Er half mir oft bei meinen Hausaufgaben, aber Oma hatte mir bei den Fragen des Lebens geholfen. Für jedes Problem hatte sie eine Lösung gehabt: »Der Junge hat gesagt, deine Haare sehen doof aus, weil sie nicht lang genug sind? Ich sage immer, wer zuletzt lacht, lacht am besten. Warte mal ab, bis zum Klassentreffen in dreißig Jahren, mal sehen, ob er dann überhaupt noch ein Haar auf dem Kopf hat!«

Immer musste ich schmunzeln über ihre Tipps. »Mama und Papa wollen dir die Hose nicht kaufen? Erinnere deine Mutter doch mal an das Paar Stiefel, das sie in der Zehnten unbedingt haben wollte. Dann weiß sie schon, was gemeint ist.« Einen Tag später hatte ich die Hose gehabt. Ach, Oma. Was soll ich denn ohne dich nur machen?

»Wie geht's dir denn jetzt?«, fragte ich meinen Opa sanft, als ich merkte, dass ich viel zu sehr um mich und meinen eigenen Kummer kreiste.

»Wie amputiert«, sagte Opa und wärmte seine Hände an der Tasse Tee, die Mami ihm hingestellt hatte.

Er hatte noch keinen Schluck davon getrunken. Mami goss Lars und mir auch eine Tasse ein. Sie brauchte Ablenkung.

»Ich weiß gar nicht, wie es weitergehen soll«, meinte Opa immer und immer wieder. Leise. In sich gekehrt. Er war in einer komplett anderen Sphäre unterwegs. »In der Wohnung erinnert mich doch alles an sie. Wir haben doch heute Morgen noch am Frühstückstisch gesessen. Sie hat mir Rührei gemacht.«

»Wir können ihn nicht nach Hause lassen.« Meine Mutter wischte sich über die Augen und blickte meinen Vater an. Der nickte nur. »Papa, du bleibst erst mal bei uns«, sagte sie bestimmt und versuchte, sich zusammenzureißen.

»Was? Nein. Das geht doch nicht. Ich will euch doch nicht auf die Nerven gehen.«

»Das tust du nicht!« Papa klang einfühlsam. Das rechnete ich ihm hoch an. Ich wusste nicht genau, wie oft Papa in den vergangenen Jahren erklärt hatte, dass sein Schwiegervater ihn um den Verstand brachte. Das war jetzt egal. Die typischen Kabbeleien zwischen Angeheirateten und Familienangehörigen waren vergessen. »Du kannst unten in das Zimmer. Wir lassen dich auf keinen Fall in die Wohnung zurück. Und wir kümmern uns auch um die Beerdigung.«

Opa Anton nickte nur schwach.

»Ich beziehe das Bett«, sagte Mama und stürmte aus der Tür.

Beschäftigungstherapie nannte man das, was meine Mutter

machte. Ich schielte auf mein piepsendes Handy. Kati wollte wissen, was passiert war. Schnell schrieb ich ihr, dass meine Oma gestorben war. Es so geschrieben zu sehen, war irgendwie surreal. Prompt fragte sie, ob sie kommen sollte, aber ich lehnte ab. Ich wollte lieber alleine sein.

Behutsam brachten wir Opa ins Bett. Unten in den frisch renovierten Raum, über den wir vorhin noch so gescherzt hatten. Das kam mir schon Lichtjahre entfernt vor.

»Wir haben doch heute Morgen noch zusammen gefrühstückt. Rührei«, sagte Opa immer wieder. Dann nahm er ein leichtes Beruhigungsmittel, das ihm der Notarzt verschrieben hatte, und schlief ein.

»Alles okay, Mäuschen?« Mami wich mir nicht von der Seite. Das Abendbrot rührte keiner von uns an.

»Nein, aber ich gehe jetzt ins Bett. Ich möchte allein sein.«

So nett war Lars noch nie zu mir gewesen. Mein Bruder brachte mich ins Bett und strich sogar meine Decke glatt. Wieso war man eigentlich immer nur nett zueinander, wenn jemand starb?, fragte ich mich. Schniefend griff ich nach meinem Handy. Eine SMS war angekommen. Von Sascha! Kati hatte ihn offenbar auf den neuesten Stand gebracht.

Es tut mir leid. Wenn ich etwas tun kann, ruf mich an. Rund um die Uhr. Is egal, ob meine Eltern schimpfen.

Ich schluchzte, als ich seine Nachricht las.

Danke, schrieb ich zurück. Jetzt möchte ich aber erst mal alleine sein. Ich muss auch noch etwas erledigen.

Langsam hob ich meinen Kopf vom Kissen. Schlafen ging eh nicht. Das Kissen war klitschnass. Durch meinen Tränenschleier hindurch blickte ich mich nach einem Zettel um. Ich fand einen, kramte einen Stift hervor, überlegte kurz, und dann flossen nicht nur die Tränen aus meinen Augen, sondern auch die Worte aus meiner Hand.

Liebe Emmi-Omi,
mir ist der Appetit vergangen. Aber trotzdem bleiben deine Pfannkuchen die allerbesten auf der Welt. Ich kenne niemanden, der Pfannkuchen so zubereitet wie du. Du hast Mehl und Milch und ein Ei in einen Schüttelbecher gefüllt. In den mit dem gelben altmodischen Deckel, der noch von vor dem Krieg stammt, wie Opa immer lachend gesagt hat. Und das, obwohl Opa so eine Profi-Pfannkuchen-Maschine mit seinen geliebten Kreuzworträtseln gewonnen hat. War dir egal. Jeden Pfannkuchen hast du einzeln gemacht. Wollte ich noch einen, hast du wieder alles in den Schüttelbecher gefüllt. Total geduldig. Ich wäre wahnsinnig geworden. Meist wollte ich sogar noch einen dritten. Die schmeckten anders als alle anderen, die ich jemals gegessen hatte. Nie werde ich vergessen, wie wir Mami zusammen reingelegt haben. Sie hat mir immer verboten, abends Nutella zu essen. Und wenn ich bei euch geschlafen habe und Mami abends anrief, hast du immer

gesagt: »Nein, Ines, natürlich nicht. Leo isst kein Nutellabrot.« Und dann hast du mir Nutella auf den Pfannkuchen gestrichen und geflüstert: »Das ist kein Brot, oder?«
Emmi-Omi, ich weiß nicht, wie ich ohne deine Pfannkuchen leben soll. Vor allem weiß ich nicht, wie es ohne dich weitergehen soll.
Außerdem bin ich eine schlechte Enkelin.
Ich hab dir versprochen, mit dir in dein Lieblingscafé an der Alster zu gehen. Das, in dem du schon so lange nicht mehr warst. In dem Opa dir den Heiratsantrag gemacht hat.
Und immer hatte ich irgendwas anderes vor.
Zudem schulde ich dir noch zehn Euro. Die, die du mir zugesteckt hast, ohne dass Opa was davon wissen sollte.
Was soll ich jetzt nur machen?

Dein Leolinchen

PS: Erinnerst du dich noch an Sascha, von dem ich dir mal erzählt habe?

05

Stumm und starr saß Opa auf seinem Stuhl am Esstisch, genau wie am Abend davor. Als wenn er sich gar nicht wegbewegt hätte. Mami hockte neben ihm und unterhielt sich mit einem Mann im dunklen Anzug, den ich nicht kannte.

»Gibt es ein spezielles Lied, das wir spielen sollen?«, fragte der Mann gerade.

Es musste der Bestatter sein. Oma war noch nicht mal einen Tag tot, schon musste die Beerdigung geplant werden. Das ging alles viel zu schnell. Kein Wunder, dass Opa nicht reagierte. Mami lächelte mir aufmunternd zu.

»Es gibt sehr beliebte Lieder, die immer gerne auf Beerdigungen gespielt werden«, sagte der Mann gerade.

»Bloß nicht ›Time To Say Goodbye‹«, rutschte es mir heraus.

Alle blickten mich erstaunt an. »Nicht?«, fragte Opa. Es war das erste Wort, das ich ihn heute sagen hörte.

»Nein. Das konnte sie nicht ab. Hat sie immer gesagt!«

Der Bestatter machte sich eine Notiz. »Gut. Und was ist mit Blumen? Wir könnten uns um die Bouquets kümmern. Vielleicht ein paar Nelken.«

»Nein, keine Nelken«, riefen Mami und ich gleichzeitig. Opa grinste. Das war noch schöner, als nach einem Monat Regen die Sonne am Himmel zu sehen. Oder nach wochenlanger Diät einen Schokokuchen serviert zu bekommen.

»Nehmen Sie bitte Sonnenblumen«, diktierte Mami dem Mann.

Opa nickte bei den Sonnenblumen. Wann immer es ging, hatte er seiner Frau Sonnenblumen mitgebracht. In der Küche meiner Großeltern gab es ein Regal, auf dem alles Mögliche stand, das mit Sonnenblumen verziert war. Hatte Opa ihr alles geschenkt. Eine Tasse. Einen Kalender. Das Lustigste war eine bewegliche Sonnenblume mit Sonnenbrille, die auf Knopfdruck sang: »*Ain't no sunshine when she's gone*«. ›*Es gibt keine Sonne mehr, wenn sie weg ist*‹, hieß das übersetzt. Wie wahr.

»Gut. Dann also in sechs Tagen. Haben Sie schon einen Text für die Anzeige in der Zeitung?«

Mami und Papa blickten erst sich, dann Opa an. Der zog einen zusammengefalteten Zettel aus seiner Hosentasche und schob ihn dem Beerdigungsplaner hinüber. Da hatte Opa die Nacht über wohl doch nicht nur die Wände angestarrt.

»In Ordnung. Ich kümmere mich darum«, versprach der Mann im dunklen Anzug und steckte den Zettel ein. »Gut, Herr Rohbach. Wenn Sie noch Fragen haben, melden Sie sich bitte.«

Opa nickte stumm, reichte dem Mann die Hand und verfiel wieder in seine Lethargie.

»Opa, warst du überhaupt im Bett?« Ich umarmte ihn und setzte mich an den Tisch.

»Hier, ihr müsst was essen«, sagte Mami bestimmt und stellte zwei Teller vor uns.

»Da merkt man, dass sie die Tochter ist«, bemerkte Opa. »Der gleiche Kommandoton!« Dann zwinkerte er mir kurz zu.

Wir lachten erleichtert auf, auch wenn klar war, dass Opa lediglich versuchte, sich vor mir zusammenzureißen.

Er seufzte. »Ich kann noch nicht in unsere Wohnung zurück. Da würde mich alles an sie erinnern. Das Frühstücksbrettchen. Die Fotos.«

»Und die singende Sonnenblume«, versuchte ich einen Aufheiterungsangriff, obwohl mir selber überhaupt nicht zum Lachen zumute war.

»Du bleibst ja auch hier«, mischte sich Papa ein. »Wir holen dir deine wichtigsten Sachen her. Komm, Leo, hilfst du mir?«

Opa wohnte etwa fünf Minuten von uns entfernt. Auf dem Weg zu ihm lag auch eine italienische Eisdiele, wo wir im Sommer oft mit Oma Emmi hingegangen waren.

»Komm, wir gönnen uns erst mal was«, meinte Papa und hielt vor der Eisdiele. Er wusste, wie man meine Stimmung aufhellen konnte. Die magische Formel lautete: Schokolade, Stracciatella, Nuss. Mit Eis hatten wir bisher alle meine Probleme gelöst. Ob blutende Knie, eine schlechte Schulnote oder Streit mit der besten Freundin.

»Okay. Ich nehme aber nur zwei Kugeln«, sagte ich matt, als ich aus dem Auto stieg.

»Du musst dich aber stärken.« Papa klopfte mir behutsam auf den Rücken. »Wir müssen jede Menge Kram aus der Wohnung schaffen. Am besten, wir misten gleich aus. Schmeißen den ganzen Müll weg.«

Was Papa damit meinte, war klar. Unter Müll verstand er die Toaster, Sandwichmaker und Haartrockner, die sich im Laufe der Jahre angesammelt hatten. Die gesamte Kreuzworträtsel-Beute. Eigentlich hatte Opa immer darauf gehofft, eine Amerikareise zu gewinnen. Stattdessen bekam er ein Elektrogerät nach dem anderen zugeschickt. Papa störten die vielen Staubfänger schon lange. Wahrscheinlich sah er dies als seine große Chance, im Haus seines Schwiegervaters Tabula rasa zu machen. Gegen seine Schwiegermutter hatte er sich nie getraut aufzumucken.

»Du willst das alles wegschmeißen?«, fragte ich entsetzt. »Auch den Fünf-Stufen-Mixer?«

»Vor allem den Fünf-Stufen-Mixer!«, erklärte Papa augenrollend und gab unsere Eisbestellung auf.

Ich fand, er spielte seine Rolle ganz gut. Natürlich durchschaute ich, dass Papa mich nur ablenken wollte. Deswegen spielte ich einfach mit. »Okay. Dann können wir aber auch gleich den unsäglichen Eierkocher verschwinden lassen. Der direkt vor den drei Kaffeemaschinen steht«, schlug ich vor.

»Ich merke, wir verstehen uns.«

Gemeinsam hatten wir Opa einen Koffer mit Kleidung und Kulturtasche gepackt. Natürlich standen der Eierkocher und der Mixer noch genau dort, wo wir sie vorgefunden hatten. Wir brachten es einfach nicht übers Herz, den »ganzen Schrott« in der Mülltonne zu versenken. Schließlich war er der Beweis dafür, wie sehr Opa sich immer angestrengt hatte, seinem großen Ziel näher zu kommen. Die Amerikareise sollte nämlich eine nachträgliche Hochzeitsreise werden, weil Oma und Opa nach der Trauung damals kein Geld gehabt hatten.

»Bleibt Opa denn eigentlich in dem Zimmer unten?«, wagte ich ein Thema anzusprechen, das eigentlich fehl am Platz war, mich trotz meiner Trauer aber sehr beschäftigte.

»Ja, klar. Oben auf unserer Etage würde ich's nicht mit ihm aushalten.« Papa zog eine Grimasse. »Noch weniger als mit euch.« Er wuschelte mir durch die Haare.

»Aber das heißt ja, dass …«

»Dass was?«

»Ach, egal.«

»Dass du nicht dein neues Zimmer bekommst?«, hakte er nach.

Ich nickte nur. »Wo soll ich denn jetzt hin? Und was wird aus Fernanda?«

»Bloß keine Panik«, versuchte Papa mich zu beruhigen, weil er merkte, dass ich sehr aufgeregt klang. »Wir wollen ja nicht hoffen, dass Opa bis an sein Lebensende bei uns bleibt.«

»Mann, Papa!«, fuhr ich ihn an, musste aber grinsen. Wie makaber. Er meinte es aber nicht so.

»Klär das mal gleich alles mit Mama!«, schloss er unsere Zimmerdiskussion.

Ich wusste, was das bedeutete. Papa konnte zählen und

hatte gerade bemerkt, dass für bald sechs Personen in unserem Haus vier Schlafzimmer eindeutig zu wenig waren. Wenn er mich an Mama verwies, dann wollte er Zeit gewinnen. Vielleicht hoffte er auch auf ein Wunder. Dass der liebe Gott in unserer Abwesenheit ein Zimmer hinzuzauberte. So was. Papa war ein Verdränger. Gleich würde er so etwas sagen wie: »Nun wart's doch erst mal ab.« Das sagte er immer. Wenn ich eine Fünf schrieb und der Lehrer mir sagte, meine Versetzung sei gefährdet. Wenn ich mir eine Hose kaufen wollte und Mama mir das verbot, weil die Hose zu teuer war. Ich fragte mich dann jedes Mal, wie lange ich denn eigentlich abwarten sollte. Bis die Hose in zehn Jahren bei eBay versteigert würde? Letztendlich hatte mir in der Schule eine gehörige Portion Glück geholfen und bei der Hose meine Oma, die, anstatt abzuwarten, in ihrem Portemonnaie gekramt hatte.

Diesmal musste ich nicht lange warten. Als wir nach Hause kamen, stellte Mami gerade eine Liste mit Personen zusammen, die zur Beerdigung kommen sollten. Auch für das Zimmerproblem hatte sie eine Lösung. Eine Lösung, die so unzumutbar war, dass ich mir wünschte – meine Oma mochte mir das bitte verzeihen –, auf der Stelle tot umzufallen.

06

»**Waaaaas?** Das kann nicht sein«, schrie Kati so laut in den Telefonhörer, dass sogar Papa es hören konnte.

»Sagst du deiner Freundin, dass es ›Wie bitte‹ heißt?«, quatschte er ins Gespräch rein.

Es war wirklich nicht zu glauben. Opa zog in das Zimmer im Erdgeschoss, das eigentlich für mich vorgesehen war. Fernanda sollte bald in mein Zimmer im ersten Stock. Und mir blieb keine andere Wahl, solange Opa bei uns war. Was, laut Mami und Papa, nicht allzu lange sein würde.

»Doch, leider ist es wahr«, gab ich resigniert zurück.

»Aber du kannst doch nicht mit ihm in einem Zimmer schlafen! Doch nicht mit deinem Bruder! Das … das geht doch echt nicht.«

Ich hätte Kati knutschen können. Sie war immer auf meiner Seite. Ich wusste, dass sie sich nichts sehnlicher als einen großen Bruder wünschte, so einen wie meinen am besten, wie sie mir mal in einem schwachen Augenblick gestanden hatte. Sie wusste aber, dass es für mich die Höchststrafe war, mit Lars ein Zimmer teilen zu müssen.

»Das ist noch schlimmer als Windpocken, Sitzenbleiben und Spinatkuchen zusammen«, stimmte ich ihr zu und sprach extra laut und akzentuiert, damit es meine Eltern mitbekamen. Hauptsache, Opa merkte nicht, was vor sich ging. Aber er war eh wie paralysiert.

»Gib mir mal deine Mutter«, befahl Kati. »Der erzähl ich was. Das ist Kinderfolter.«

Ich musste zum ersten Mal seit Langem wirklich lachen. Die Vorstellung, dass Kati meiner Mutter den Marsch blies. Das hätte ich gerne erlebt. Nur leider waren wir dafür alle viel zu angeschlagen.

»Lass mal. Sie muss sich gerade um die Beerdigung kümmern.«

»Ach ja«, erwiderte Kati mit schlechtem Gewissen. »Aber trotzdem. Wo sollst du denn dann schlafen? Mit ihm in einem Bett?« Kati klang jetzt so, als sei die Pest ausgebrochen und habe gleich noch die Cholera im Gepäck.

»Nee, wir legen eine Matratze in sein Zimmer. In die andere Ecke.«

»Und wie findet Lars das?«

»Er sagt, dass er auswandert. Oder sich gleich hier die Kugel gibt.«

Kati schluckte. Sie fand das ziemlich makaber. Genau wie ich. Aber Lars war noch nie der Sensibelste gewesen.

»Mami hat ganz cool geantwortet: ›Na, dann kann ich ja gleich zwei Beerdigungen planen. Zwei Fliegen mit einer Klappe.‹«

»Und dann?«, wollte meine Freundin wissen.

»Dann war Ruhe. Wir haben das jetzt geschluckt und motzen nicht mehr.«

Kati schwieg eine Weile, bevor sie eine Idee präsentierte, die sie geradezu genial fand. »Ich frag meine Mutter, ob du bei uns wohnen kannst!«, schlug sie vor.

Das war wirklich reizend. Kati und ihre Mutter wohnten auf engen sechzig Quadratmetern. Für mich würde sie aber auch in die Besenkammer ziehen und sich in der Waschmaschine zusammenrollen.

»Das ist echt nett«, meinte ich und war wirklich gerührt. »Aber Fernanda kommt bald. Und dann muss hier ja wenigstens ein normaler Mensch sein, der sich um sie kümmert. Und damit meine ich nicht meine Eltern«, erklärte ich. »Aber ich hätte noch eine Idee.«

»Na?«

Ich schmunzelte und hatte sofort ein schlechtes Gewissen. Hatte jemand mitbekommen, dass ich mich amüsierte? Das war in der momentanen Situation nämlich nicht so angesagt. »Wir tauschen«, sagte ich. »Ich zieh zu dir. Und du teilst dir mit Lars das Zimmer.« Ich wusste, dass ich Kati mit diesem Vorschlag kriegen konnte. Und sie wusste, dass ich es wusste. Durchs Telefon hindurch sah ich sie geradezu rot werden.

»Sehr witzig!«, antwortete sie nur.

Na ja. Lars interessierte sich sowieso nicht für den daumenlutschenden Kindergarten, wie er meine Freunde nannte.

»Ich weiß gar nicht, wie es jetzt werden soll«, wechselte ich das Thema. Die ganze Nacht hatte ich durchgeweint und von meiner Oma geträumt. Sie hatte mir irgendetwas zugerufen, aber ich hatte es nicht verstehen können. Im Traum war ich hinter ihr hergerannt und hatte sie immer wieder gebeten, den Satz zu wiederholen. Oma aber war davongeflogen und hatte mir nur zugewinkt. Schweißnass war ich hochgeschreckt. Kurz hatte ich gedacht, dass sie noch am Leben und alles nur ein böser Traum gewesen war. Bis mich die Realität eingeholt hatte.

»Leo, hallo. Hörst du, was ich gesagt habe?«

»Was?«, fragte ich abrupt, weil ich komplett in Gedanken versunken war. Meine Stimme war belegt, mir liefen die Tränen die Wangen hinunter. Ich schluckte wieder.

Kati war das nicht entgangen. »Ich möchte darauf hinweisen, dass es ›Wie bitte‹ heißt«, sagte Kati und imitierte den Oberlehrerton meines Vaters. Sie tat wirklich alles, um mich aufzuheitern.

»Ob du gar keine Lust mehr hast, dass Fernanda kommt, wollte ich wissen«, wiederholte Kati so langsam und laut, als wenn sie mit einer Schwerhörigen sprach.

»Nein, doch. Also schon. Aber ich bin noch so traurig wegen Oma. Deswegen kann ich mich gar nicht richtig darauf freuen. Außerdem ist ja vorher noch die Beerdigung. Davor habe ich ein bisschen Angst. Ich war ja noch nie auf einer. Ich glaube, dass …«

Ein ohrenbetäubender Schrei schnitt mir das Wort ab.

»Leonore, komm sofort hoch!«

»Oha. War das Lars? Nennt er dich echt Leonore?«, rief Kati entsetzt.

»Hm. Ich befürchte, er hat gerade gemerkt, dass ich seinen Schrank leer geräumt habe, um Platz für meine Sachen zu schaffen.«

»Aber Fernanda kommt doch erst in ein paar Tagen. So lange kannst du doch noch in deinem Zimmer bleiben.«

»Ja, sicher. Ich wollte ihm nur schon mal klarmachen, wer hier das Sagen hat. Er ist ja eh bald weg, hat Lars gesagt.«

»Echt? Wo geht's denn hin?« In Katis Stimme klang Panik mit, aber ich konnte mich auch täuschen.

»Ach, keine Ahnung. In irgend so 'ne Loser-WG, was weiß ich.«

»Soll ich eigentlich auch zu der Beerdigung kommen?«, fragte Kati auf einmal.

Ich überlegte kurz. »Würdest du das echt machen?«

»Ja, klar. Ich lass dich da doch nicht allein. Schließlich weiß ich, wie das alles abläuft.«

Kati war schon bei zwei Beerdigungen gewesen. Bei der von ihrem Großvater und bei der einer entfernten Tante. »Auf dem Gebiet bin ich ein alter Hase!«, pries sie sich an.

»Ich muss Mami und Papa fragen. Aber ich denke, sie werden nichts dagegen haben. Es sei denn, du machst das nur, um die Schule zu schwänzen«, versuchte ich mich an einem schlechten Scherz.

»Nein«, entgegnete Kati. »Ich mache das, weil du meine beste Freundin bist und ich einfach bei dir sein und dich trösten möchte.« Das klang so ernst und erwachsen und rührend, dass ich schon wieder weinen musste. »Und außerdem«, fügte Kati hinzu, »habe ich bei deinen Großeltern den halben Kühlschrank leer gefuttert. Und deine Oma hat uns diese genialen Pfannkuchen gemacht. Dafür könnte ich mich wirklich noch einmal bedanken. Hast du eigentlich was Passendes zum Anziehen?«

»Nee!«, antwortete ich. Darüber hatte ich mir noch gar keine Gedanken gemacht.

»Dann treffen wir uns in einer halben Stunde an der U-Bahn und fahren in die Stadt, okay?«

Ich zögerte, weil ich mir nicht sicher war, ob Mama und Papa es nicht unpassend finden würden, wenn ich jetzt shoppen ging. Erstaunlicherweise gaben sie sofort ihre Erlaubnis.

»Hose oder Kleid?«, fragte Kati eine Stunde später, als wir in einem Laden in der Europa Passage standen.

»Ich glaube, ein Kleid. Was meinst du?«

Kati nickte. »Ja, finde ich auch gut. Deine Omi mochte es immer, wenn du Kleider anhattest.«

Wir wählten ein paar Kleidungsstücke aus und gingen zu den Umkleidekabinen. Irgendetwas war anders heute. Normalerweise raffte ich innerhalb kürzester Zeit mehr Klamotten zusammen, als ich tragen konnte. Doch gerade war mir gar nicht danach.

»Das ist mehr was für den Strand«, befand Kati und schickte mich zurück in die Kabine. Das Übernächste war es. Ein schwarzes Strickkleid mit V-Ausschnitt. Schlicht, aber chic.

»Hast du Stiefel dazu?« Kati dachte wirklich an alles.

»Nicht wirklich. Aber ich hab kein Geld, um mir auch noch Schuhe zu kaufen. Das Kleid ist schon teuer genug.«

Ratlos betrachtete ich das Preisetikett. Irgendwie erschien mir alles so sinnlos. Was brauchte ich teure Klamotten, wenn ich sie eines Tages sowieso nicht mehr anziehen konnte.

»Du kannst meine Stiefel haben. Die sind aus schwarzem Wildleder. Und jetzt lade ich dich noch zu einem Frappuccino ein.«

Wir gingen in den Coffeeshop im Erdgeschoss der Passage. Mein Lieblingsgetränk dort war ein Schoko-Frappuccino, also ein gecrushter Eiswürfel-Schoko-Milch-Mix mit extra Schokostückchen. Die Dinger inhalierte ich unter anderen Umständen wie nichts, meist schaffte ich sogar zwei Becher am Stück.

»Wie heißt ihr denn?«, fragte der gut aussehende Barista, nachdem er unsere Bestellung entgegengenommen hatte.

Das machten sie dort immer so. Erst notierten sie detailliert die Wünsche der Gäste, also so etwas wie: Caffè Latte to go, decaf, ohne Schaum, mit Sojamilch, nicht so heiß, dafür mit extra Shot. Und dann nannte man seinen Namen, damit die Getränke nachher richtig zugeordnet werden konnten.

»Hanni und Nanni!«, diktierte Kati, ohne mit der Wimper zu zucken.

Der Barista schrieb die Namen auf die Plastikbecher, zögerte aber kurz. »Ist der Schoko-Frappuccino für Hanni oder für Nanni?«

»Für Nanni!«, gab Kati sofort zurück.

»Alles klar, dann ist Karamell für Hanni!« Er grinste und gab uns damit zu verstehen, dass er Kati für ihr Alter recht originell fand.

»Wir hatten auch schon Dick und Doof, Bonnie und Clyde und Michelle und Barack hier. Das fällt aber leider nur ganz wenigen ein. Ich würde ja niemals meinen echten Namen angeben«, meinte der Barista, auf dessen Namensschild Tom stand.

»Dann ist Tom dein Künstlername?«, wollte Kati wissen.

»Ja, das Cruise hat nicht mehr raufgepasst.«

Kati lachte, aber ich blickte ausdruckslos in die Gegend. »Ich wollte meine Freundin bloß ein wenig aufheitern. Aber das, Tom, ist offenbar eine Mission Impossible!«

Endlich verzog ich mein Gesicht zu einem schiefen Grinsen.

»Na, geht doch!«, rief Kati.

Ich trottete hinter ihr her zu einem Sitzplatz. Lustlos nuckelte ich an dem Schokotraum.

»Ach, Leo, was kann ich denn nur tun?«

»Du gibst ja schon alles«, murmelte ich leise. »Vielleicht könntest du noch so was Altkluges sagen wie: Die Zeit heilt alle Wunden.«

Kati umarmte mich. »›Verzeiht, da heult ein Kunde!‹ Oder hab ich da was falsch verstanden?«

Jetzt musste ich doch lachen. Genau das hatte sich meine Freundin erhofft. Sollten wir uns irgendwann in hundert Jahren mal streiten, würde ich an diesen Moment hier denken, als Kati alles gegeben hatte, um meine Laune aufzuhellen. Mir war es ein Rätsel, dass sie noch keinen Freund hatte. So geistreich und witzig, wie sie war. »Wollen wir uns noch an die Alster setzen?«

Emotionslos nickte ich. Genauso gut hätte sie mir vorschlagen können, noch einen Abstecher zum Klärwerk zu machen oder den Rathausmarkt zu fegen. Das hätte ich alles klaglos gemacht.

Direkt vor der Europa Passage lag die Binnenalster. Wenn man in Richtung Rathaus ging, konnte man sich dort am Fleet auf die Stufen setzen und aufs Wasser blicken. Dies war der Teil, wo die Alster in Richtung Elbe floss. Dabei sollte man gut aufpassen, sich nicht mitten im Taubenschiss niederzulassen.

»Leo, du hast da was am Po«, sagte Kati kurze Zeit später und zeigte auf mein Hinterteil. Dann verrenkte sie sich selbst den Hals, um ihr Hinterteil nach Taubendreck abzusuchen. Kati konnte, ähnlich wie ich, ein echter Tollpatsch sein. Wenn wir Eis essen gingen, warf sie nur zu gern ihren Becher um und trat dann noch hinein. Oder fiel beim Paddeln einfach aus dem Boot.

»Mit mir ist eh alles zu spät!«, meinte ich trübselig.

»Sag das nicht. Du bist doch noch ein kleines Täubchen.«

»Dann könnte ich wenigstens fliegen. Weit weg. Bis in den Himmel vielleicht.«

Kati sah mich besorgt an. »Leo, nimm's mir nicht übel, aber du bist irgendwie echt schräg drauf. Ich verstehe ja, dass du traurig bist. Aber jetzt werde bitte nicht so 'ne Eso-Tante, okay?«

Ich verzog mein Gesicht zu einer Grimasse. »Keine Sorge, das wird nicht passieren. Schon allein deshalb nicht, weil Papa dann ausrasten würde. Auf solche Tussis steht er nämlich überhaupt nicht.«

»Dann ist gut.«

»Meine Omi war sehr gerne an der Alster, vor allem an der Außenalster in dem Café. Hier aber auch. Oft sind wir ins Alsterhaus zum Einkaufen gegangen. ›Leo, hier kriegen wir alles – von der Unterhose bis zum Feinwaschmittel –‹, hat sie immer gesagt. Als Kind hat mich das große Haus umgehauen.«

»Und wir werden unseren Enkeln von der Europa Passage vorschwärmen.«

»Und ihnen vor allem eins mit auf den Weg geben«, sagte ich und grinste.

»Und das wäre?«

»Dass sie nicht so dämlich sein sollen wie ihre Großmütter, die sich mit ihrem Frappucchino mitten in einen Haufen Taubenmist setzten!«

07

»Tschüss, Emmi-Omi«, stand auf der Schleife, die die Sonnenblumen zusammenhielt. Ich hatte darauf bestanden, ein eigenes Trauergesteck für meine Großmutter zu kaufen. Nun saß ich in der ersten Reihe der Kapelle des Ohlsdorfer Friedhofs und kochte vor Wut. Da war ein S zu viel. Das machte mich rasend. Von wegen Tschüss. Das schrieb man noch immer mit einem s!

Die Frau im Blumenladen war der Meinung gewesen, die Variante mit zwei s wäre richtig. Dagegen hatte ich mich vehement gewehrt. »Ich kann Ihnen Briefe zeigen, auf denen meine Oma es mit einem s geschrieben hat. Und nur das zählt«, hatte ich wütend entgegnet.

Doch sie hatte drauf bestanden. »Wir schreiben es immer mit zwei s, genau wie Kuss.«

»Was hat denn das damit zu tun?« Ich war wirklich zornig auf die alte Schachtel. »Als wenn Sie jemals einen Kuss bekommen hätten.« Als ich das sagte, hatte Mami mich weggezogen, alles schnell bezahlt und mich aus dem Blumenladen geschleift. Geschimpft hatte sie nicht. Später hatte ich das

Wort »tschüs« gegoogelt und gesehen, dass man es sowohl mit einem als auch mit zwei s schreiben konnte. Aber darum ging es nicht. Es ging um meine Oma. Und wenn sie ihr Lebtag Fernsehen mit V geschrieben hätte, wäre das auch richtig gewesen. So!

Und nun sah ich, dass die olle Floristin ihren Kopf und ihre zwei s durchgesetzt hatte.

»Alles okay?« Kati flüsterte mir leise ins Ohr.

Mami und Papa waren so nett gewesen, ihr zu erlauben, neben mir in der ersten Reihe zu sitzen. Rechts neben mir legte Papa seine Hand auf mein Bein. Daneben saßen Lars, Mami und Opa. Um ihn machten wir uns besonders Sorgen. Seit Tagen hatte er nur das Nötigste gesprochen. In seinem schwarzen Traueranzug wirkte er klein und zerbrechlich. Schweigend starrte er den Sarg an, der vorne aufgebahrt war.

»Ja. Alles in Ordnung«, wisperte ich zurück und zwang mich, den Schriftzug auf meinem Blumengesteck zu ignorieren. Immerhin spielte keiner »Time To Say Goodbye«. Anstelle dessen erklang »Nessun dorma« aus der Oper *Turandot* von Puccini. »Nessun dorma« hieß übersetzt »Keiner schlafe«. Bei der wunderschönen Melodie und der Vorstellung, dass meine Oma jetzt ewig schlief, konnte ich meine Tränen nicht mehr zurückhalten.

Der Pastor sprach vom Leben meiner Oma. Jahreszahlen, Fakten, blabla. Als ob sich so ein langes Leben in ein paar Sätze pressen ließ. Sicherlich machte er seinen Job nicht schlecht, doch ich wäre am liebsten aufgesprungen und hätte gerufen: »Sie war ganz anders. Ihr kennt sie alle nicht.« Und dann hätte ich den Duft der Pfannkuchen beschrieben und diesen einzigartigen Geschmack, wenn man hineinbiss. Na ja, wahrscheinlich war den Trauergästen nicht nach Pfannkuchen zumute. Sie bissen lieber in den trockenen Butterkuchen beim Leichenschmaus. Aber mir war nach Pfannkuchen.

»Ich glaube, ich werde gaga!«, flüsterte ich Kati zu.

Sie strich mir über meine Hand. Ohne Worte. Das beruhigte mich.

Nachdem der Sarg in die Erde gelassen war, warf ich eine Sonnenblume in das Grab. »Statt Rosen!«, rief ich und gackerte übertrieben hysterisch los.

»Leolein, willst du mit Kati ein bisschen spazieren gehen?« Mami war sofort neben mir. Sie befürchtete offenbar das Schlimmste. Ihren Vater musste sie stützen, der immer noch nichts gesagt hatte. Mein Bruder blickte teilnahmslos in die Gegend. Aber so würde er auch gucken, wenn er einen Porsche geschenkt bekam. Immer cool. So, als wenn nichts wäre. Und ich stand hier und kicherte. Abgedrehte Familie.

»Kati, wollt ihr schon mal zum Auto gehen?«, fragte Mami meine Freundin, als der Teil am Grab fast zu Ende war. Sie nickte und fasste mich sanft am Arm an. Doch ich riss mich los und stellte mich neben meinen Opa.

»Glaubst du, sie schaut zu?«, fragte ich ihn ganz leise.

»Klar«, antwortete er. Das erste Wort, was er heute sprach. »Sie muss doch überprüfen, ob ich die Krawatte richtig gebunden habe.«

Ich schluchzte, versuchte aber, mich zusammenzureißen. Auf keinen Fall wollte ich meinen Opa anstecken.

»Tschüs!«, flüsterte er nahezu tonlos.

»Mit einem s«, fügte ich hinzu.

Als wir nachmittags ganz ausgelaugt zu Hause ankamen, bat Papa mich, meinen Großvater etwas abzulenken. Ich nickte, fragte mich aber, wovon ich ihn ablenken sollte. Davon, dass eigentlich ich abgelenkt werden müsste?

»Komm, Opa, wir machen ein Kreuzworträtsel. Hier kann man eine Reise nach Gran Canaria gewinnen.«

Das war das Einzige, was mir einfiel, um Opas Hirn wieder auf Touren zu bringen. Auf Kreuzworträtsel reagierte er normalerweise wie andere auf Eistorten oder auf einen Klamotten-Gutschein: mit leuchtenden Augen und einem verzückten Grinsen im Gesicht.

»Ich wollte ja eine in die USA gewinnen!«, merkte er gedankenverloren an.

»Amerika haben sie hier nicht. Nur Spanien. Also los. Hier, was Lustiges: Sitzgelegenheit für Spargeld mit vier Buchstaben.«

»Bank«, antwortete Opa und lachte nicht.

»Okay. Nächste Frage: Wie heißt der Bruder von Otto Silie? Mit fünf Buchstaben.«

»Wie heißt wer?« Auf einmal war Opa hellwach.

»Der Bruder von Otto Silie. Ist 'ne Scherzfrage.«

»Schon klar. Sag nicht, die Antwort ist Peter!?«

Grinsend nickte ich. »Doch. Peter Silie.«

Die Mundwinkel meines Großvaters zuckten leicht. Na endlich. Noch eine. »Hund im Ring?«

»Mit fünf Buchstaben?«, wollte Opa wissen.

Ich bejahte. Er hatte Blut geleckt.

»Boxer!«

»Jo. Körperteil, das nicht genug Geld hat.«

»Das ist leicht: Arm!« Opas Augen glänzten.

Das war der Opa, den ich kannte. Er wollte mehr. Er wollte die Reise. Ich war die beste Ablenkerin zwischen Amerika, Hamburg und Gran Canaria. Eine letzte Frage würde ich noch raushauen.

»Toter mit sich verändernder Gesichtsfarbe«, las ich vor und hätte mich sofort ohrfeigen können. »Entschuldi– «, begann ich.

Opa winkte ab. »Konntest du ja nicht wissen. Also, noch mal. Toter, dessen Gesichtsfarbe sich ändert?«

»Hm«, sagte ich nur. Mir war das sehr unangenehm. Das nannte man wohl in den berühmten Fettnapf treten. Opa hätte mir nie einen Vorwurf gemacht, trotzdem heulte ich wie ein Schlosshund.

Und er war leichenblass, als er sagte: »Erblasser.«

Liebe Omi Emmi,

ich schulde dir immer noch zehn Euro. Heute bei der Beerdigung habe ich kurz überlegt, ob ich den Geldschein mit in dein Grab werfen soll. Nach der Sonnenblume. Darüber musste ich plötzlich so laut lachen, dass bestimmt alle dachten, ich hätte den Verstand verloren.

Das tut mir leid. Hast du das vielleicht gesehen von da oben und dich gewundert? Hoffentlich bist du nicht böse.
Dann wollte ich Opa ein bisschen ablenken und habe es total vermasselt. Voller Fail! Der Tag heute gehört ganz klar nicht zu meinen Sternstunden.
Ich weiß, ich sollte eigentlich andere Sorgen haben, aber weißt du, mit wem ich mir ein Zimmer teilen soll? Mit Lars!! Kannst du dir das vorstellen? Mit meinem Bruder! Geht's noch schlimmer? Immerhin kommt Fernanda bald.
Hast du da oben eigentlich ein Einzelzimmer?

Bis bald, ach nein, also liebe Grüße und schlaf schön!
Deine Leo

08

»**Gelandet!** Fernanda ist da!« Aufgeregt sprang ich in der Ankunftshalle des Flughafens hin und her. Im Minutentakt hatte ich die Tafel kontrolliert. Maschine aus Frankfurt am Main gelandet. Dort war Fernanda umgestiegen, nachdem sie Stunden zuvor in Mexico City gestartet war.

»Leo, beruhige dich. Ist ja alles gut.« Mama stand neben mir und hielt einen Blumenstrauß in der Hand.

»Ja, alles easy«, sagte ich und biss nervös in meinen Handballen. Danach kramte ich in meiner XS-Handtasche.

»Suchst du deinen Mexikanerhut?«, fragte Papa und konnte sich ein Lachen kaum verkneifen.

Wir waren heilfroh, dass Fernanda kam. In den vergangenen Tagen hatte ein so dicker Trauerkloß in unseren Kehlen gewohnt, dass wir kaum noch miteinander geredet hatten. Höchste Zeit, dass uns jemand auf andere Gedanken brachte.

Lars und Opa waren zu Hause geblieben. »Ich steh da ganz bestimmt nicht wie so 'n Empfangskomitee rum. Das ist doch voll peinlich«, hatte mein ach so cooler Bruder getönt.

»Ihr braucht ja auch Platz im Auto, für das Gepäck!«, hatte

Opa eine weitaus bessere Ausrede geliefert. Er wirkte erleichtert, nicht mitkommen zu müssen. Seit der Beerdigung hatte er keinen Schritt mehr vor die Tür gemacht. Irgendwann würden wir ihn raustragen müssen, damit er mal wieder ein bisschen Sonne sah. So konnte es ja nicht weitergehen. Vor allem, weil Mama und Papa versprochen hatten, dass Opa bald wieder in seine eigene Wohnung zurückkehren würde und ich zurück in mein Zimmer könnte. Witzig, schließlich kam er momentan nicht mal weiter als bis zur Küche. Zudem war er wieder in seine Lethargie verfallen und verhielt sich wie die berühmten drei Affen: nichts hören, nichts sehen, nichts sagen!

»Da kommen Leute. Seht ihr sie?« Ich hielt mein Handy in der Hand und starrte auf den Ausgang.

»Nein, noch nicht. Aber wenn, dann schicke ich dir eine WhatsApp.« Papa fand sich immer besonders komisch, wenn er mich auf den Arm nahm.

»Zeig doch noch mal das Foto von ihr«, bat mich Mama.

Fernanda hatte mir ein Bild geschickt, das ich mir inzwischen gefühlte tausend Mal angeschaut hatte.

»Glaubt ihr, es reicht nicht, dass wir ein Schild hochhalten, auf dem dick und fett FERNANDA steht?«, fragte Papa. »Was ICH auch noch tragen muss. Wenn das nicht reicht, dann –«

»Da ist sie!«, unterbrach ihn Mama.

Mexiko's Next Topmodel, das war mein erster Gedanke, denn sie sah noch besser aus als auf dem Foto. »Oh!«, brachte ich nur heraus.

Fernanda strahlte. Übers ganze Gesicht. Nur ihre Bluse

leuchtete noch heller. Die war so bunt wie ein Regenbogen. Genau das Gegenteil von unserem Trauerlook der letzten Woche. Ich fühlte mich geradezu geblendet. Fernanda hatte kohlrabenschwarze Haare, die schon aus zehn Meter Entfernung glänzten wie meine Schuhe nur an Nikolaus.

»*Hola!*«, rief sie und stürmte lachend auf uns zu.

»Ich bin Fernanda. Du Leo, stimmt?«

Automatisch streckte ich ihr meine Hand entgegen. Doch Fernanda ließ ihre beiden Taschen fallen, riss mich an sich und drückte mir zwei Küsse auf die Wangen.

»*Hola. Qué tal?*«, fragte ich.

»*Muy bien, gracias. Un poco cansada.*«

»Sie ist ein bisschen müde«, erklärte ich meinen Eltern, die sie gerade begrüßten. Papa hatte einige Schwierigkeiten, Fernandas Wangenküsse mit dem Namensschild in der Hand zu koordinieren.

»Ah. Du hattest einen langen Flug!« Mama war verständnisvoll. Sie war einmal in Südamerika gewesen und hatte nach dem Rückflug einen derart heftigen Jetlag gehabt, dass sie sich bis zu ihrer nächsten Reise kaum davon erholt hatte.

»Ja, aber freue, hier sein.« Fernandas Strahlen lenkte davon ab, dass sie mit Personalpronomen offenbar auf Kriegsfuß stand.

Ich konnte gar nicht glauben, dass sie müde war. So frisch und fröhlich, wie sie hier vor uns stand. Da wollte ich gar nicht wissen, wie sie aussah, wenn sie fit war.

»*Me alegro también!*«, sagte ich, denn ich freute mich wirklich auf sie. Heute Morgen war ich zum ersten Mal aufgewacht, ohne gleich an meine Oma zu denken. Ich hatte an Fernanda gedacht. Und an mein Zimmer mit Lars, das konnte ich leider nicht ganz ausblenden.

»Kommt, wir gehen zum Auto.« Papa stopfte das Schild in einen Mülleimer und griff sich beherzt die zwei Taschen.

Selbst die waren bunt gemustert. Heimlich beäugte ich die blau-orangefarbene Tunika. Die war richtig cool. Was hätte ich dafür gegeben, sie ihr direkt vom Leib zu reißen und anzuziehen. Vielleicht könnte ich ihr weismachen, dass das eine Art Begrüßungsritual in Deutschland war? Dass man die Gäste damit ehrte?

Fernanda durfte mit ihrem Blumenstrauß vorne im Auto sitzen. Mama und ich quetschten uns auf die Rückbank.

»*Muy bonito*, Hamburgo. Sehr übsch!«, schwärmte sie, dabei hatten wir noch nicht einmal den Flughafen verlassen.

»Wiee vie-le Men-schen le-ben in Me-xi-coo Ciiity?« Mama sprach so langsam und laut, als habe sie es mit einer Schwerhörigen zu tun. Ich musste lachen und fing mir einen tadelnden Blick meiner Mutter ein.

»Wie sagt du?« Fernanda runzelte die Stirn.

»In Ham-burgo 1,8 Mil-li-o-nen!«, fuhr meine Mutter noch langsamer, aber sehr stolz fort.

Fernanda nickte fröhlich. »In *Ciudad de México*, Mexico City, *veinte*!« Sie hob zweimal ihre zehn Finger hoch.

»20 Millionen?« Mama war baff.

»*Sí*, swansich!«

»Wusstest du das, Tobias?« Sie stupste Papa von hinten an der Schulter an.

»Ja. Das ist die ganze Region Mexico City. In der Stadt selber sind es knapp 9 Millionen.«

»Woher weißt du das?«, wollte Mama wissen.

»Während ihr Schilder gemalt und Blumen gekauft habt, habe ich mich eben mal schlau gemacht.« Er lächelte Fernanda neben sich an. Mama schaute aus dem Fenster. Papa warf ihr einen kurzen Blick im Rückspiegel zu. »37 Millionen. Tokio«, sagte er, ohne dass ihn jemand etwas gefragt hätte.

»Hä?«, machte ich.

»Mama hat sich gerade gefragt, welche Stadt die meisten Einwohner hat.«

»Schlauschnacker«, murmelte Mama grinsend. Also hatte er recht gehabt!

»*Quieres comer?*« Ich wandte mich wieder Fernanda zu. Sie sollte nicht denken, dass wir uns nicht um sie kümmerten. Ob sie Hunger hatte, wollte ich wissen.

»*Sí, un poco!* Ein büschen.« In diesem Moment beschloss ich, dass Fernanda beste Chancen hatte, eine richtig gute Freundin von mir zu werden. Wer so einen süßen Akzent hatte, konnte nur herzensgut sein. Und witzig, daran hatte ich keinen Zweifel. Fernanda hatte in den letzten zehn Minuten schon mehr gelacht als wir alle zusammen in den letzten sieben Tagen.

Dass Fernanda uns mehr als guttat, stellten wir fest, als wir die Haustür öffneten.

»Wir sind daha!«, rief Mama betont munter und bekam, wie erwartet, keine Antwort.

Lars hockte vermutlich in seinem, äh, unserem Zimmer

und hörte Trommelfell gefährdend laut Musik auf seinem iPod. Opa vegetierte regungslos auf dem Sessel im Wohnzimmer. Doch als wir durch den Flur traten, geschah etwas Merkwürdiges. Das achte Weltwunder sozusagen. Opa sah erst mich, nickte kurz, dann Mama und Papa und regte sich nicht. Dann kam Fernanda ins Blickfeld, woraufhin mein Großvater, der sich in der tiefsten Trauerphase nach dem Tod seiner Frau befand, flink wie ein junges Reh aufsprang, einen kleinen Diener vor Fernanda machte und »*Hola, Señorita*« sagte. Mein Opa kam mir in diesem Moment extrem spanisch vor!

Hola abuela, hallo, Omi,

bitte glaub nicht, dass wir nicht mehr an dich denken, aber seit Fernanda da ist, geht's hier drunter und drüber. Ich habe noch nie einen Menschen kennengelernt, der so fröhlich ist und so viel lacht. Damit steckt sie uns alle ganz schön an. Und sie bringt Farbe ins Haus, also das meine ich wortwörtlich. Fernanda hat aus Mexiko ganz viele bunt gestreifte Decken mitgebracht. Sie nennt sie »bunterkunt«, darüber haben wir sehr gelacht. Auch Opa! Einige deutsche Wörter spricht sie wirklich lustig aus. Anstatt Schneider sagt sie »Esknaider«. Wirklich.
Die Mexikodecken liegen jetzt auf dem Sofa, und ich finde, ich sehe da drunter ganz gut

aus. Natürlich nicht so gut wie unter der grauen Decke, die du mir mal gehäkelt hast. Apropos: Omi, ich bin so traurig. Es soll nicht egoistisch klingen, aber es ist das erste Jahr, in dem du mir zu meinem Geburtstag nichts häkelst, strickst oder bastelst.
Mami hätte total gerne eine der bunten Tuniken, die Fernanda immer anhat. Ich ehrlich gesagt auch. Aber das sage ich ihr noch nicht.
Ihr ist es übrigens total peinlich, dass sie mir mein Zimmer geklaut hat. Sie hat sogar angeboten, in der Wanne zu schlafen, unter einer der bunten Decken.

Hasta luego! Deine Leo

PS: Hättest du vielleicht was dagegen, wenn ich von den zehn Euro, die ich dir noch schulde, ein paar Tüten Chips für meinen Geburtstag kaufe?

09

Fernanda hier, Fernanda da. Meine Mitschüler schwirrten wie die Fliegen um sie herum. Na klar. Fernanda war die Attraktion, weil sie so anders war als wir.

»Mariachis gibt es in Mexiko. Die machen Musik mit Gitarren, viele Instrumente und mit Verkostümkleidung.«

Grinsend boxte Thorge Sascha in die Seite und fragte Fernanda, wie die Mariachis sich denn verkostümkleideten. Fernanda hatte nicht die Spur einer Ahnung, dass sie hoppgenommen wurde.

»So schwarze Üte wie in Mexiko typisch und alles andere auch schwarz.«

Ihr Deutsch war gar nicht so übel. Die Jungs gaben ihr fürs Aussehen aber noch bessere Noten als für ihre Sprachkenntnisse.

»Wir tanzen viel und essen sehr gerne. Sieht man, oder?« Sie klopfte sich auf ihren nicht vorhandenen Bauch und hatte die Lacher auf ihrer Seite.

»Tacos, Burritos, Guacamole. Wenn ihr möchtet, kann ich mal machen für euch.« Die Traube an Mädchen und Jungs nickte begeistert. Fernanda kramte eine Tüte aus ihrer Tasche. »Abe ich euch gebracht mit. Selbst gemacht in Mexiko.« Sie holte etliche bunt geflochtene Armbänder heraus und begann, sie in der Klasse zu verteilen.

Selbst die Jungs schnürten sich die Bänder um die Handgelenke.

»Cool. Türkis. Die Farben sind der Hammer. So was hat hier keiner. Das können wir am Tag der offenen Tür umbinden.« Janine drehte ihren Arm von links nach rechts und freute sich über ihr Geschenk. Auch ich band mir ein lila-rot-blaues Armband um. Begeistert bewunderte Fernanda ihr Werk und zog zu guter Letzt ihr Handy hervor, um ein Foto zu machen.

»Kommt, lasst uns einen Kreis machen und alle die Hand mit dem Armband ausstrecken«, schlug Sascha vor. Er hatte ein braun-blaues erwischt, das ihm hervorragend stand.

Wir probierten mehrere Positionen durch. Hand nach vorne, vor der Stirn, gekreuzt. Die Farben leuchteten heller als die nicht vorhandene Sonne.

»Stör ich irgendwie?«, fragte Herr Steinhagen, der unbemerkt die Klasse betreten hatte. Er ging auf Fernanda zu und schüttelte ihr die Hand. »*Sea la bienvenida aqui en Hamburgo. Que te lo pases bien!*«

Leider verstand ich nur die Hälfte von dem, was er sagte.

»*Muchas gracias. Me alegro mucho conocerlo!*«, antwortete Fernanda lachend.

»Was hieß das, was wir gesagt haben?« Herr Steinhagen ging an sein Pult und ließ seinen Blick durch die Klasse schweifen. »Na, na?«

»Willkommen, ich finde, du siehst toll aus, schade, dass ich dein Opa sein könnte«, flüsterte Thorge eine mögliche Übersetzung. Die Jungs, die neben ihm saßen, klatschten mit ihm ab.

»Möchtest du uns vielleicht an deinem Wissen teilhaben lassen?« Herr Steinhagen ließ sich nicht von dem kindischen Gekicher ablenken. »Thorge, bitte!«

»Ja, äh. Also, willkommen, oder so?«

»So, so. Und für dieses Gestammel hast du gerade eben Applaus geerntet? Na ja. Kein Wunder, dass eure Chaosecke dahinten in der Spanischarbeit katastrophal abgeschnitten hat.«

Sofort zogen Thorge, Max, Sascha und Co. eine Grimasse.

»Es hieß: ›Herzlich willkommen in Hamburg. Viel Spaß.‹ Und Fernanda sagte, dass sie sich freue, mich kennenzulernen. Und jetzt lernt ihr mich dahinten auch mal kennen.«

Zack, hatte Herr Steinhagen die Arbeiten hervorgeholt und zwei Vieren und eine Fünf an die Boys-Gang verteilt.

»Sascha, bei dir ist es besonders dramatisch.«

Sascha verzog das Gesicht, als hätte er einen Ellbogen in die Magengrube bekommen. »Mist. Meine Mutter reißt mir den Kopf ab. Die flippt aus!«

Mitfühlend sah ich in Saschas Richtung. Er blickte aber nur starr auf die Fünf. Herr Steinhagen legte mir unterdessen meine Zwei auf den Tisch. Per Telepathie versuchte ich weiterhin, Sascha auf mich aufmerksam zu machen. Ich hatte so gehofft, dass er sich durch die Nachhilfe verbessern würde. Nun ja, so lange übten wir ja noch nicht zusammen. Eine echte Verbesserung dauerte eben. Aber ich wollte ihn zumindest auf eine Drei minus hieven, das hatte ich mir fest vorgenommen.

»Ich kann dir helfen mit Spanisch. Kein Problem, Esaska!«

Das hatte Fernanda tatsächlich gesagt. Sie hatte wirklich vorgeschlagen, Sascha, also meinem Sascha, Nachhilfe zu geben. Ich war so perplex, dass ich gar nicht mitbekam, wie Herr Steinhagen nickte.

»Das ist eine super Idee«, rief unser Spanischlehrer begeistert. »Das müsste doch Wunder wirken. Da kannst du dich wirklich freuen, Sascha, dass du eine echte Muttersprachlerin als Lehrerin bekommst.«

Sascha wurde leicht rot und zuckte mit den Schultern. »Na gut.«

Zwei Worte, die mir das Herz durchbohrten. Wie konnte er mich so hintergehen? Und wie konnte Herr Steinhagen das einfach so bestimmen? Hatte er denn schon vergessen, dass es meine Mission gewesen war, Sascha zum Spanisch-Helden zu pushen? Offenbar war das alles Schnee von gestern. Da musste nur eine Muttersprachlerin hereinschneien, die auch noch bei mir zu Hause wohnte. In meinem Zimmer. Und mir meinen Nachhilfeschüler wegschnappte. Selbstredend mochte ich Fernanda und war ihr dankbar, dass sie bei uns zu Hause für gute Laune sorgte. Für meinen Geschmack musste sie aber nicht auch noch in der Klasse für Stimmung sorgen.

»Mach ich gerne!«, hörte ich Fernanda sagen. »Deine Eltern doch erlauben, oder?«

Es klingelte zur Pause, und ich zuckte nur mit den Schultern. Wieso sollten Mama und Papa das verbieten? Es sei denn, ich würde sie darum bitten, aber das wäre natürlich viel zu peinlich.

Kati zog mich am Arm. »Komm raus auf den Schulhof. Sonst rastest du hier gleich aus.«

Wir verließen den Klassenraum, und aus dem Augenwinkel nahm ich noch wahr, dass Sascha und Fernanda miteinander redeten. Ob sie wohl schon die erste Stunde abmachten? War ich mit meinem *ferrocarril* und dem *perro* jetzt wirklich abgehakt? Nur, weil mich ein Mädchen überholt hatte, das noch besser das R rrrrrrrollen konnte als ich?

»Sascha hätte ja auch Nein sagen können!«, maulte ich auf dem Schulhof meine Freundin voll.

»Wie hätte er das denn machen sollen?«, verteidigte Kati meinen Schwarm. »Dann hätte er es sich mit Schweinhagen verscherzt.«

Nicht einmal mehr über Steinhagens Spitznamen konnte ich lachen. »Der hat mir voll das Bein gestellt, der blöde Schweinhagen. Er hat nämlich …«

»Ja, ja, ich weiß doch«, versuchte Kati mich zu beruhigen. »Das hat er vielleicht vergessen.«

»Man kann doch nicht vergessen, dass man so etwas angeordnet hat.«

»Ja, du hast ja recht, aber – «

»Und ich finde es doof, dass ausgerechnet Sascha – «

»*Hola*, Leo, es ist soo toll in deiner Klasse. Sind alle so nett. Danke. *Gracias*. Ist *fantástico*.«

Mein Lächeln war wie eingefroren. Fernanda hatte zwar keine Ahnung, dass ich auf Sascha stand, aber trotzdem hätte sie nicht so vorpreschen müssen. Das war, als wenn man sich im Kino in die enge Lücke zwischen einem Jungen und einem Mädchen auf dem Lovechair quetschte. Doch selbstredend würde ich es mir nicht anmerken lassen, dass Fernanda hier auf vermintem Gelände unterwegs war.

In der Zwischenzeit waren Sascha und seine Freunde zu unserer kleinen Gruppe dazugestoßen. Das machte er eigentlich ganz selten, dass er sich in der Pause zu mir gesellte. Vielleicht würde er sich gleich bei mir entschuldigen und erklären, dass ihn Herr Steinhagen da reingetalkt hatte.

Sascha holte Luft, machte den Mund auf, und ich wusste schon in dem Moment, dass ich ihm sofort verzeihen würde. »Fernanda. Die Armbänder sind echt megastark!«

Hm. Das klang irgendwie anders als »Leo, es tut mir leid. Lass uns nachher treffen«.

»Ja, nicht?«, erwiderte Fernanda freudig. »Sind bunterkunt!«

Sascha, Max und auch Kati schüttelten sich vor Lachen.

»Bunterkunt. Du bist echt süß!«, stellte Max fest und lächelte unsere mexikanische Austauschschülerin verliebt an.

Ich musste mich dringend abreagieren. Auf keinen Fall durfte ich Fernanda für etwas verantwortlich machen, wofür sie nichts konnte. Es war nicht ihre Schuld, und bis gestern hatte ich noch gehofft, dass sie meine Freundin werden würde. Trotzdem hoffte ich, dass Sascha das Armband morgen nicht mehr tragen würde. Nicht dass es mich störte, dass alle in der Klasse nun dieses Erkennungszeichen ums Handgelenk trugen und Fernanda damit total hypten, nein, es störte mich nicht. Es machte mich rasend!

10

Mein Leben sollte sich mal wieder um mich drehen. Schließlich stand mein fünfzehnter Geburtstag bevor. Das wichtigste Event überhaupt bis zu meiner Rente. Mit Kati hatte ich schon einen Tag nach meinem vierzehnten Geburtstag begonnen, alles von A–Z durchzuplanen. Trotzdem trat ich jetzt ein wenig auf die Bremse. Ich hatte ein schlechtes Gewissen. Meine Oma war gerade erst gestorben, und ich dachte an gute Laune und Halligalli. Durfte ich das?

»Na, Opa, was machst du so?«, fragte ich, als ich mich in der Küche neben ihn setzte.

»Och, ich denk ein bisschen nach.«

»Das wurde aber auch mal Zeit«, neckte ich ihn.

Er gab mir einen kleinen Klaps und lächelte. »Und wie geht's dir so, Engelchen?«

»Oooch. Alles okay. Mit Lars in einem Zimmer zu wohnen, ist echt super. Eine ganz neue Erfahrung.«

Wäre mein Opa noch der Alte, hätte er mich sofort verschmitzt angesehen, weil er gewusst hätte, dass ich ihn foppe. Dass ich es im Grunde keine Sekunde länger aushielt. Dann hätte Opa auch gemerkt, dass er zwar mein liebster Lieblingsopa war, aber bitte schön mal bald mein Zimmer wieder frei machen könnte. Na ja, vielleicht war es dafür auch noch zu früh.

»Ja, ihr beide habt euch schon immer gut verstanden«, sagte Opa in Gedanken versunken.

Daran merkte man, dass er wirklich trauerte. Lars und ich hatten uns noch nie verstanden. In Worten: null. Früher auf dem Schulhof hatten ihn sogar seine Freunde gewarnt, wenn ich um die Ecke bog, damit er sich schnell vor mir verstecken konnte. Und ich hatte immer die Menge in den Puddingschüsseln ausgemessen, bevor ich den Nachtisch verteilte. Von »gut verstehen« konnte hier wirklich nicht die Rede sein. Okay, ich habe als Fünfjährige mal eine Frau auf der Straße angeschrien, weil sie mit meinem Bruder geschimpft hat. Und er hat mal einen Jungen verprügelt, der mir im tiefsten Winter meine Mütze geklaut und damit Fangen gespielt hat. Davon abgesehen mögen wir uns wirklich nicht sonderlich. Schon gar nicht, wenn wir im selben Zimmer schlafen müssen.

»Der Wievielte ist heute eigentlich, Opa?«

Er blickte kurz von seiner Tasse Tee auf. »Der Wievielte? Der achtzehnte Tag nach Omas Tod.«

»Ja, das stimmt«, sagte ich und ärgerte mich über mich selber, dass ich ihn auf die falsche Fährte gelockt hatte.

»Ich meinte eher das Datum. Zwölf Tage vor meinem Geburtstag.«

Opa war auf einmal hellwach. »Ach herrje! Stimmt ja. Wie alt wirst du noch mal? Zehn?«

»Fast, Opa. Fünfzehn.«

»Fünfzehn. Als ich fünfzehn geworden bin, habe ich hinterm Haus meiner Eltern meine erste Zigarette geraucht. Mit meinem besten Freund.« Opa kam richtig in Fahrt. »Danach haben wir uns in eine Pfütze gelegt, um den Geruch loszuwerden. Damit wir nicht wegen des Rauchens ausgeschimpft werden.«

»Und? Hat's geklappt?«

»Nö. Wir haben Ärger wegen der nassen Klamotten bekommen.«

»Ich habe gar nicht vor, an meinem Geburtstag zu rauchen.«

»Wieso nicht?«

Erstaunt schaute ich meinen Großvater an. Fand dieses Gespräch tatsächlich statt? Was Mami wohl gesagt hätte, wenn sie das gehört hätte?

»Du musst doch eine Riesenfeier machen, Leolein. Fünfzehn wird man nur ein Mal im Leben!«

Hatte ich richtig gehört?

»Du hättest nichts dagegen, wenn ich ein paar Leute einlade?«, erkundigte ich mich zögerlich.

»Was sollte ich denn dagegen haben? Es ist doch DEIN Geburtstag!«

»Na ja«, wagte ich mich weiter vor. »Weil Oma ja nun nicht mehr da ist.«

»Stimmt, sie wirst du nicht einladen können. Aber ich glaube ja auch, dass das keine Rentnerparty werden soll, oder?«

Ich erklärte ihm, dass ich Skrupel hatte, zu feiern, obwohl

Oma gestorben war. Dass ich ihn nicht verletzen oder beleidigen wollte. Und dass mir das auf der Seele lag.

»Ich möchte nicht, dass du sauer bist, wenn ich das mache.«

»Die Einzige, die sauer werden würde, wäre Oma. Und zwar, wenn du NICHT feierst. Du glaubst doch wohl nicht, dass sie sich von da oben anschauen möchte, wie du an deinem Geburtstag ganz allein zu Hause sitzt.« Opa stand ruckartig von seinem Stuhl auf, um sich ein Stück Schokolade zu holen. So energiegeladen hatte ich ihn schon lange nicht mehr erlebt. »Es reicht ihr bestimmt schon, diesen alten Trauerkloß hier unten auf dem Küchenstuhl hocken zu sehen.«

Diese klare Einschätzung überraschte mich. Jetzt hätte eigentlich nur noch gefehlt, dass Opa sagte, seine Frau würde ihn auch auf allen vieren in seine alte Wohnung zurückschleifen. Aber so weit war er noch nicht.

»Du hast also nichts dagegen?«

»Natürlich nicht. Ich könnte euch sogar Tipps geben, wie man den Rauch aus der Kleidung bekommt.«

»Lass mal lieber, Opa. Wir wollen es ja nicht übertreiben.«

Während ich ihn umarmte, tippte ich umständlich eine WhatsApp an Kati. Komm sofort, wir können loslegen.

Kurz darauf stand Kati mit einem sperrigen Haushaltsgerät vor der Tür.

»Ist das die Popcornmaschine?«

»Ja, damit funktioniert es echt super.« Sie klopfte auf das gute Stück. Die Maschine sah so aus wie etwas, was mein Opa ständig bei seinen Kreuzworträtseln gewann.

»Komm, wir bringen sie gleich in den Keller runter.«

Unten hatten wir einen Raum, der zwar etwas feucht und dunkel war, aber für eine Fete einfach top!

»Wenn wir hier ein paar Kissen hinlegen, könnte es richtig gemütlich werden«, meinte Kati. »Wir bräuchten auch noch einen Laptop für die Musik. Oder eine Anlage. Werden deine Eltern denn da sein?«, fragte Kati vorsichtig.

Am coolsten wäre es natürlich, wenn wir sturmfreie Bude hätten.

»Keine Ahnung. Opa ist bestimmt da. Der macht ja kaum einen Schritt vor die Tür.«

»Was soll es denn zu essen geben?« Meine Freundin hielt einen Zettel in der Hand und machte sich eifrig Notizen.

»Mama würde eine Suppe beisteuern.«

Kati nickte und notierte.

»*Hola*. Was macht ihr? Kann ich hier sein?« Fernanda schaute zur Tür herein und strahlte uns an. Vermutlich hatte sie nie Sorgen.

»Klar. Ich habe bald Geburtstag. Wir planen die Party.«

»Ah, eine *fiesta*!«, rief Fernanda begeistert. »Soll ich machen Essen? Typisch Mexiko. *Guacamole con Tacos*. Ist Rezept von meine *abuela*. Oma!«

Beim Wort *abuela* zuckte ich zusammen. Ich wusste nicht, ob es bei Opa gut ankommen würde, wenn die Gerichte einer anderen Oma an meinem Geburtstag auf den Tisch kämen – auch wenn er mir vorhin grünes Licht für die Party gegeben hatte.

»Ich frag gleich mal«, sagte ich zu Fernanda. »Aber *gracias*.«

»Was hast du denn noch für Wünschung?«, wollte sie wissen. Es dauerte etwas, bis ich kapierte, was sie meinte.

»Was ich mir wünsche?«, wiederholte ich lachend.

»Ja. Wünschung zum Geburtstag. Also *abrazos y besos.* Aber was noch?«

»*Abrazos y* ...?«

»Umarmung und *besos.* Küsse.«

Kati warf mir einen Seitenblick zu. »Das klingt gut. Da hätten wir jemanden, von dem wir gerne *abrazos y besos* hätten.«

Ich gab ihr ein Zeichen, aufzuhören. Es war mir unangenehm, vor Fernanda über Sascha zu sprechen. Gerade jetzt, in der aktuellen Situation, hielt ich es für völlig falsch.

»Ach, so richtige Wünsche. Ich weiß gar nicht«, antwortete ich vage, als die Kellertür aufging.

»Ach, hier seid ihr.« Mama tauchte auf. »Ich hab mir da oben die Kehle aus dem Leib gebrüllt. Habt ihr nichts gehört?«

Wir schüttelten den Kopf. Im Geiste notierte ich, dass wir aufpassen mussten. Selbst wenn Mama und Papa an meinem Geburtstag ausgehen sollten, würden wir nicht bemerken, wenn sie urplötzlich im Zimmer stünden. Und die Angst bezog sich gewiss nicht darauf, beim Rauchen erwischt zu werden. Papperlapapp. Das, was ich mir wirklich wünschte, war in etwa so weit entfernt wie meine Spardose vom Vollsein.

»Fernanda wollte gerne Guacamole machen. Ein Rezept von ihrer Oma«, fügte ich noch hinzu und wartete auf eine blöde Reaktion. Mama konnte genervt gucken, beleidigt, enttäuscht, sauer.

Doch sie lächelte. »Tolle Idee! Mit Avocado, nicht?«

»*Sí*«, antwortete Fernanda begeistert. »*Aguacate!*«

»So heißt das? Klingt lustig. Und ich mach die Tomatensuppe, okay, Mäuschen?«, fragte mich meine Mutter.

»Ja, das wäre toll.«

Oben in der Küche diktierte Fernanda Mama, was wir alles für die Guacamole brauchten: »Avocado, *limón*, also Zitrone, Zwiebel.«

»*Cebolla* heißt das«, warf ich ein, um zu zeigen, dass ich sogar sehr spezifische spanische Worte kannte.

»Wann isst man denn diese Guacadingsbums in Mexiko?«, erkundigte sich Opa vom Esstisch aus.

Fernanda erzählte, dass ihre Oma Guacamole immer für Picknicks gemacht hatte. Ich hielt die Luft an, weil ich befürchtete, Opa könne doch noch zusammenklappen. Nichts dergleichen.

»Herrlich. Ich wollte schon immer mal nach Südamerika!«, erklärte er. Wie schaffte sie es nur, dass selbst die Trauernden die Welt wieder in frohen Farben sahen? Das konnte doch nicht nur an ihrer lilafarbenen Tunika liegen, oder?

»Opa, Mexiko liegt in Mittelamerika«, korrigierte ich ihn unnötigerweise.

»Ach, ist doch egal. Die paar Kilometer, Leochen. Ich glaube, ich sollte mal wieder Kreuzworträtsel machen«, meinte Opa.

»Hauptsache«, ermahnte Mama ihn, »du schleppst hier nicht die tausendste Kaffeemaschine an.«

»Wie bitte? Nein, nein!« Opa hörte kaum hin, er war schon in sein Kreuzworträtsel vertieft.

»Magst du mir helfen, Fernanda?«, fragte er nur.

Ich lachte kurz auf. Sie zu bitten, ihm bei einem deutschen Kreuzworträtsel zu helfen, war in etwa so, als würde man Lady Gaga fragen, ob sie einen Vortrag auf Serbokroatisch halten könnte.

Doch Fernanda reagierte nicht, weil sie gerade eine Nachricht auf ihrem Handy las. Dabei lächelte sie verschämt. Nein, ich wollte nicht wissen, von wem die SMS war. Nein, ich wollte es auf gar keinen Fall wissen.

»Kann ich noch fahren weg?«, fragte sie. »Das ist eine Nachricht von …« NEEEEEEEINNNN, NICHT SAGEN!!! Meine Vorahnung war richtig. »Von Sascha. Kann ich Nachhilfe machen bei ihm?«

Mama und Opa nickten. »Na sicher.«

»Es ist sehr nett, dass du ihm hilfst!«, lobte Opa sie.

Hallo!? Mein eigen Fleisch und Blut schoss gegen mich. Na gut. Er wusste natürlich nicht, dass seine Enkelin vor Eifersucht an die Decke ging.

»*Hasta luego*, bis spater!«, rief Fernanda, und alle lachten wegen ihres süßen Dialekts. Nur eine Person hörte sich dabei etwas gequält an. Diese Person trug meinen Namen.

Ich durfte nicht so fies sein. Eben hatte Fernanda noch angeboten, Guacamole für meine Geburtstagsfeier vorzubereiten. Außerdem mochte ich sie ja auch. Weil sie meinen Opa aus seinem Tränental holte. Und weil sie mit Mama Rezepte austauschte. Und mich fragte, was ich mir wünschte.

Vor allem wünschte ich mir, dass sie Sascha nicht im falschen Fach Nachhilfe gab. Der Begriff war ja sehr dehnbar.

Oma, hättest du Guacamole zubereiten können? Weißt du, was das ist? Bestimmt kann die **abuela** von Fernanda keine Pfannkuchen machen. Du hast immer gesagt, dass Eifersucht nicht gut ist. Weder beim Essen noch bei Liebesdingen. Sich zu vergleichen ist das Ende des Glücks und der Anfang der Unzufriedenheit, hast du mal gesagt. Ich habe nie so richtig verstanden, was du damit gemeint hast. Ehrlich gesagt weiß ich es immer noch nicht. Schließlich muss ich mich doch mit Fernanda vergleichen, weil Sascha uns bestimmt vergleicht. Verstehst du? Jetzt gerade gibt sie ihm Nachhilfe. Ich wüsste so gerne, was die beiden genau treiben. Kannst du es vielleicht von da oben sehen? Wenn ja, sag es mir bitte. Ach nein, sag es mir besser nicht. Omi, ich bin total durcheinander.

Liebe Grüße nach Wolke 7
Deine Leolaus

PS: Was hast du an deinem 15. Geburtstag gemacht? Opa hat geraucht! Aber verrat es bitte nicht seinen Eltern!

11

»**Mann, mach mal** das Licht wieder aus!« Nicht dass ich so eine Streberin gewesen wäre, die um zwanzig Uhr im Bett lag und schlafen wollte. Jetzt aber war es ein Uhr nachts, und Lars kam gerade von irgendeinem Date nach Hause.

»Wo warst du denn so spät noch?«, fragte ich genervt, weil ich gerade eingeschlafen war und er mich mit seinem Gepolter geweckt hatte.

»Bist du meine Mutter, oder was?«

Er hatte recht, ich klang tatsächlich wie Mami. Aber seit wir uns dieses verdammte Zimmer teilten, war alles anders. Ich bekam viel mehr mit von dem, was Lars machte, ob ich wollte oder nicht. Neulich hatte ich in einer Schublade ein paar stinkende Socken gefunden, die bestimmt schon seit Weihnachten 2003 nicht mehr gewaschen worden waren.

»Ich hab morgen Schule, und du kommst so spät und machst dann so einen Alarm!«, nörgelte ich.

Lars verzog das Gesicht. »Wenn mein Zimmer nicht von meiner kleinen Schwester belagert werden würde, könnte ich meine Kumpels auch zu mir einladen.« Er warf seine Hose in die Ecke. Sie verfehlte den Stuhl um etwa zwei Meter. »Dann könnte ich mal wieder das machen, worauf ich Lust habe.«

»Kannst du doch!«, gab ich beleidigt zurück. Als würde ich ihn an irgendwas hindern!

»Du glaubst doch nicht, dass ich hier mit meinen Freunden chille, während du mit deinen Barbiepuppen spielst.«

Empört fuhr ich hoch. Mein Blick fiel auf Lars' ältesten Kumpel, und ich feuerte meinem Bruder seinen Teddy ins Gesicht. »Musst du gerade sagen!«, entgegnete ich. »Denkst du, ich finde das super? Ich wäre jetzt auch lieber in meinem eigenen Zimmer.«

Lars nickte. Im Grunde wusste er, dass ich nichts dafür konnte. »Ich habe schon überlegt, ob ich bei Opa in die Wohnung ziehe!«, erklärte er, als sein Handy piepte.

»Wer ist das denn noch?«, fragte ich, hob aber sofort beschwichtigend die Arme, weil mir auffiel, dass ich wieder wie seine Erziehungsberechtigte klang.

»Merkste selber, nicht!?«, meinte Lars grinsend und ging ans Telefon.

»Na, Alter, was geht?« Während er sein Laptop hochfuhr, tauschte er unnützen Kram mit seinem Freund Jonas aus. Dabei checkte er eine Seite im Internet. »Ja, können wir machen. Lasertag. Dann Treff da morgen um zehn? Check!«

»Schwänzt ihr?«, mischte ich mich ein, obwohl ich viel lieber meine Ruhe gehabt hätte. Aber wie sollte das gehen? Da musste ich mich ja nicht wundern, wenn ich in der Schule schlechter wurde. Wie sollte ich mich denn konzentrieren bei so wenig Schlaf?

»Nein, hier ist niemand. Das war der Fernseher«, hörte ich Lars sagen. Er blickte zu mir rüber und machte eine Handbewegung quer über den Hals. Vermutlich hatte er seinen Freunden nicht erzählt, mit wem er sich das Zimmer teilte. Sonst wäre er bestimmt das Gespött des ganzen Abijahrgangs.

»Wissen Mama und Papa, dass du morgen nicht zur Schule gehst?«

Lars blickte über seinen Laptoprand. »Chill mal, Leo. Alle Prüfungen sind durch. Da passiert eh nichts mehr. Und wieso willst du das überhaupt wissen? Du interessierst dich doch sonst nicht für mich.« Lars griff nach seinen Ohrstöpseln und beendete damit das Gespräch. Es stimmte, was er sagte. Im Grunde war mir mein Bruder schnuppe. Doch manchmal hatte er gute Ideen.

»Wie meintest du das vorhin mit Opas Wohnung?«, fragte ich. Lars wippte im Takt der Musik mit dem Kopf. »Hallo!?« Wieder keine Reaktion.

Stöhnend schälte ich mich unter der Bettdecke hervor, ging zu meinem Bruder und riss die Ohrstöpsel aus dem Laptop. Elektrobeats dröhnten durchs Zimmer. Wenn das so weiterging, würde ich bis zum Weckerklingeln nicht einschlafen.

»Mach die Musik mal leise. Oder stell mir wenigstens 'ne Playlist für meine Party zusammen. Aber mein Geburtstag ist dir ja egal!« Ich redete mich in Rage. »Und willst du wirklich in Opas Wohnung ziehen?« Ich holte tief Luft und fixierte Lars.

Einige Mädchen aus unserer Schule würden mich darum beneiden, dass ich Lars nur in einem T-Shirt und Boxershorts auf dem Bett sitzen sah. Mein Bruder war beliebt, und in diesem Outfit hätte er den ein oder anderen Kreischalarm ausgelöst.

»Wieso nicht? Die Bude steht doch eh leer. Vielleicht können wir da unsere WG aufmachen. Dafür müssten allerdings die alten Möbel auf den Sperrmüll«, meinte er achselzuckend.

»Spinnst du?« Jetzt fuhr ich mich richtig hoch. »Ihr könnt euch doch nicht einfach in Opas Wohnung einnisten! Und außerdem bestimmst du nicht, was mit Opas Sachen passiert!« Mir kamen die Tränen. Lars war so ignorant, immer nur auf seinen Vorteil aus. Hauptsache, er konnte in Ruhe relaxen.

»Wieso? Opa müllt bei uns ja auch alles voll. Du glaubst doch nicht allen Ernstes, dass er hier wieder auszieht. Ihm geht's doch gut bei uns. Der lässt sich schön von Mami bekochen.«

»Du bist ein Idiot!«, schmetterte ich ihm entgegen.

Am liebsten hätte ich ihm eine geknallt. Stattdessen verzog ich mich wieder auf meine Matratze und drehte mich mit dem Kopf zur Wand. Ungebremst begann ich zu weinen und leider auch laut zu schluchzen. Gegen den Sound von Lars' Musik. Die verstummte plötzlich, und zwei schlaksige Beine näherten sich meiner Matratze.

»Ach, komm, Leo, bitte nicht weinen.« Lars kniete sich neben mich und tätschelte ungelenk meinen Rücken.

Ich schniefte noch ein paarmal, dann rollte ich mich langsam zu ihm herum.

»Tut mir leid. Natürlich stell ich Opas Wohnung nicht auf den Kopf. Mir geht das hier bloß alles so auf den Nerv. Ich will hier endlich raus. Und das hat nichts mit dir zu tun, okay!?« Er setzte sich neben mich auf die Matratze und knuffte mich in die Seite.

Das mit dem Knuffen hatte er früher schon immer gemacht, wenn ich ihm Platz im Bett machen sollte. Manchmal hatte er mich nämlich getröstet, wenn ich Angst bei Gewitter gehabt hatte. Dann hatte er seinen Teddy mitgebracht und mir eine Spukgeschichte erzählt, bei der kleine blaue Männchen, die zaubern konnten, mein Kinderzimmer eroberten und es am Ende Gummibärchen aus der Lampe regnete. Ich lächelte meinen großen Bruder schief an.

»Na, Leolein. Alles wieder gut? Mir fehlt sie ja auch!«, flüsterte Lars.

»Wer? Oma?«, fragte ich und schniefte gerührt, weil mein Bruder seine weiche Seite zeigte.

»Nee. Die Pfannkuchenschlacht bei ihr!«

Ich boxte ihn leicht auf die Schulter. »Du Spinner!«, sagte ich und lächelte. Und dann lagen wir noch eine Weile nebeneinander und erinnerten uns an die lustigsten Momente mit Oma, bis ich irgendwann einschlief.

12

Sie war geladen wie ein Böller. Gleich würde meine Mutter explodieren.

»Papaaaaa!«, rief sie ächzend, während sie ein beinahe mannhohes Paket in Richtung Küche schleppte. Das hatte ihr gerade ein DHL-Bote in die Hand gedrückt. Um die Tür zu öffnen, hatte Mami sich extra den Teig von den Fingern gewaschen und ihren Kuchen im Stich gelassen.

»Kannst du mir mal erklären, was das hier ist?«

»Oh. Das müsste der Schteppa sein«, meinte Opa und blickte von seinem Kreuzworträtsel auf.

»Der was? Sag nicht, du hast schon wieder so einen Müll gewonnen?«

»Unterstreichende Bejahung mit vier Buchstaben!«, warf Opa ihr entgegen.

»Hä?!« Mami hatte genug damit zu tun, sich den tonnenschweren Stepper nicht auf die Füße fallen zu lassen. Sonst konnte sie sich ein Workout auf dem Stepper abschminken.

»DOCH!«, sagte Opa.

Mami blickte wie ein Fragezeichen mit Ausrufezeichen.

Ich beschloss, die Situation zu entkrampfen, bevor sie komplett ausrasten würde. »›DOCH‹ ist die Antwort auf Opas selbst ausgedachte Kreuzworträtsel-Frage nach der Bejahung mit vier Buchstaben auf deine Frage, ob er schon wieder so einen Mist gewonnen habe.«

»Aha. Mag ja sein. Aber ich will den Kram hier nicht haben. Es reicht, dass dein Keller der reinste Flohmarkt ist.«

»Man hätte auch eine Reise gewinnen können«, verteidigte sich Opa. »Ich konnte ja nicht ahnen, dass es der Schteppa wird.«

»Es heißt Stepper. Und überhaupt ist das der größte Witz. Du schaffst ja nicht mal die drei Schritte vom Küchentisch zum Kühlschrank. Was willst du da auf 'nem Stepper?« Mama hatte sich so richtig schön in Rage geredet. Sie wusste einfach, was hier los war, wenn Papa nach Hause kam und über zwanzig Kilo Verpackungsmaterial stolperte.

»Bring den Kram weg.«

»Okay. Könnte Lars mir helfen, es in den Keller zu bringen?«

»Nein!«, riefen Mama und ich gleichzeitig.

»Nicht in den Keller«, schob ich noch hinterher. »Da feiere ich meinen Geburtstag. Da passt der nicht hin.«

»Ich kümmere mich nicht drum. Komm mal selber in die Puschen, Papa!«, ermahnte meine Mutter ihren Vater. Gekrönt von einer Drohung. »Und wehe, hier klingelt es nur noch ein einziges Mal heute«, sagte sie, als es an der Tür schellte.

Schnell wie ein Gepard war ich an der Tür, um uns alle zu schonen. Die Nerven meiner Mutter. Und Opa und mich, falls Mami doch ihre Nerven verlor.

»Ablehnungswort mit vier Buchstaben!«, polterte ich, als ich dem Paketboten die Tür öffnete.

»Äh, NEIN?«, fragte der Bote, der anstelle eines Pakets unterm Arm Saschas Kopf auf den Schultern trug.

»Oh, JA!«, gab ich stotternd zurück. Mit allem hatte ich gerechnet. Einem Drittstaubsauger, vielleicht einer Zitruspresse in Engelform oder einem Stützdreirad für Rentner. Nur nicht damit, dass Sascha vor der Tür stehen würde.

»Komme ich ungelegen?«

»Äh, nee. Also, wie gesagt, vier Buchstaben: nein. Komm rein. Reimt sich sogar.«

Mein elendiges Gestammel würde sicherlich nicht dazu führen, dass Sascha seinen Freunden vorschwärmen würde, wie unwiderstehlich, geheimnisvoll, mysteriös und atemberaubend ich war. »Schraube locker«, würde er vermutlich sagen und hätte damit sogar den Nagel auf den Kopf getroffen.

»Ich könnte dir ein bisschen helfen, deinen Geburtstag vorzubereiten. Haben wir doch neulich abgemacht.«

Mit einem Schlag war ich hellwach. Tatsächlich hatten wir nach dem Kino kurz darüber gesprochen. Allerdings war das vor Fernanda gewesen. In meinem Hirn gab es so eine Art neuer Zeitrechnung: vor Fernanda – und nach Fernanda. Niemals hätte ich es für möglich gehalten, dass Sascha sich daran noch erinnerte und, noch besser, auch wirklich vorbeikommen würde.

»Ja, gerne. Ich muss da einiges umbauen, da fehlt die Matratze, also, um es gemütlich zu machen. Ich meine, nicht jetzt, an meinem Geburtstag.« Inzwischen war ich knallrot angelaufen, konnte aber einfach nicht aufhören zu quatschen. »Das ist meine Mutter mit ihrem Kuchen. Und das ist mein Opa mit seinem Stepper.«

»Wir kennen uns ja schon!« Mami winkte Sascha mit einer teigverschmierten Hand zu und warf mir einen merkwürdigen Blick zu.

Ich dirigierte meinen Gast in den Keller. »Ich dachte, wir könnten hier eine Matratze hinlegen, zum Chillen. Was meinst du?«

»Gute Idee!« Sascha war sofort bereit, aus dem kleinen Abstellraum eine alte Matratze ranzuschleppen. Gemeinsam breiteten wir eine Decke darüber aus und verteilten bunte Kissen auf der Matratze.

»Das hier hat mir meine Oma mal genäht.« Ich zeigte auf eins der Kissen, auf dem mein Name und ein Löwe zu sehen waren.

»Leo. Königin der Löwen!« Sascha lachte mich an, und in diesem Moment war ich einfach nur glücklich.

»Komm, wir bauen noch den Tapeziertisch auf«, schlug ich vor und drehte mich um, damit er nicht sah, dass ich schon wieder rot wurde.

»Und was ist mit der Musik?« Sascha klappte die Beine des Tischs aus.

»Lars leiht mir seinen Laptop. Er hat sogar schon eine Playlist für uns zusammengestellt.« Insgeheim bedankte ich mich beim besten Bruder der Welt. War ja auch der einzige.

»Die Playlist schaue ich mir mal an. Ist er oben?«

Kurze Zeit später kam Sascha mit Lars' Laptop wieder.

»Er hat für jede Stimmung die richtige Mucke ausgesucht«, bemerkte Sascha anerkennend, als er sich durch das Angebot scrollte. »Zum Abdancen. Salsa. House. Und auch was Langsames.«

»Dazu kann man dann auch das Licht dimmen!« Oje, das klang wie ein plumper Annäherungsversuch!

Doch Sascha schien das offenbar gar nicht zu stören. Er dimmte das Licht runter, schmiss einen Schmusesong an und schlug vor, die Matratzen-Chill-out-Area zu testen. Kalt – heiß – weiß – rot. Meine Körpertemperatur und meine Gesichtsfarbe wechselten im Sekundentakt und würden für jeden Arzt eine Herausforderung darstellen.

Ungelenk ließ ich mich neben Sascha auf der Matratze nieder und krallte mich an einem meiner Kissen fest.

»Hast du dir das für deinen Geburtstag ungefähr so vorgestellt?«, fragte Sascha leise, und ich meinte in der Dunkelheit zu spüren, dass er langsam das Kissen zwischen uns wegzog.

»Mann, hier sieht man ja gar nix. Wo ist denn der Lichtschalter?«

Rumpelnd stieß jemand die Tür auf und drehte im selben Moment volle Pulle das Licht an. Gefühlt von Mitternacht auf taghell. Sascha und ich schreckten hoch, als Opa mit dem XXL-Paket im Keller auftauchte und alles, was sich hätte anbahnen können, mit einem Schlag zunichtemachte.

»So. Und wo soll das jetzt hin?«, wollte Opa wissen.

Wo DU hinsollst?, formulierte ich in Gedanken. Am besten raus. Und zwar sofort. Leider funktionierte die Gedankenübertragung nicht.

»Der Stepper kann hier nicht rein!«, fuhr ich meinen Großvater recht rüde an. Er hatte noch nicht einmal bemerkt, dass er im falschesten aller falschen Momente seinen ersten Ausflug seit Omas Tod gewagt hatte.

»Er muss hier aber rein! Mama reißt mir sonst den Kopf ab.«

»Dann nützt Ihnen auch der Stepper nichts mehr«, sagte Sascha und half Opa, das Pappungetüm in einer Ecke des Partyraums zu verstauen.

»Was macht ihr denn hier eigentlich?«, erkundigte Opa sich. »Da unten am Boden verkühlt ihr euch doch.«

Nicht nur Mami würde ihn gleich einen Kopf kürzer machen, dachte ich.

»Meine Party planen, Opa! Danke, Sascha, dass du so toll geholfen hast.« Etwas steif reichte ich ihm meine Hand, um die peinliche Arie mit meinem Opa zu Ende zu bringen. Ich schob Sascha zur Kellertür hinaus, obwohl ich mir gut hätte vorstellen können, hier mit ihm zu überwintern. Mindestens bis ins Jahr 2093.

»Also, es war wirklich prima, dass du mit angepackt hast!« Ich dirigierte Sascha in Richtung Haustür. Vielleicht würden wir draußen auf der Straße noch ein wenig ungestört plaudern können. Sollte ich mir meine Jacke anziehen? Lieber nicht. Dann wäre es zu offensichtlich, dass ich noch auf ein Outdoor-Stelldichein spekulierte.

Sascha half mir aus der Bredouille. »Ich geh noch gar nicht!«, ließ er mich wissen.

»Oh, echt nicht?« Wenn mich sein Besuch schon erstaunt

hatte, war diese Ansage jetzt wie ein Heiratsantrag, Blumen und ein Diamantring auf einmal.

Sascha wollte noch bleiben. Trotz meines durchgeknallten Opas und meiner Stammelei. Es war ihm nicht einmal unangenehm, vor meiner Familie zu äußern, dass er mehr Zeit mit mir verbringen wollte. Wir standen im Flur mit Blickkontakt zu Mami am Ofen, Lars am Kühlschrank und Opa beim Kreuzworträtsel.

»Ja, dann, äh, können wir ja …« Ich stockte, weil mir aufging, dass ich schlecht vorschlagen konnte, in mein Zimmer zu gehen. Schließlich hockte da Lars, falls er nicht gerade den Kühlschrank leer räumte. Krampfhaft überlegte ich, in welchen Raum wir ausweichen könnten.

»Ich geh einfach schnell alleine hoch«, sagte Sascha in dem Moment. »Ich weiß ja, in welchem Zimmer sie ist.«

Wie bitte? Hatte er gerade gesagt, dass er in ihr Zimmer gehen würde? Ich musste Tomaten auf den Ohren haben und Äpfel gleich obendrauf. Ich hatte mich doch verhört, oder?

»Fernanda gibt mir noch Nachhilfe heute. Sie ist doch oben, oder?«

Ich konnte nichts erwidern, ich war zu keiner vernünftigen Reaktion fähig. So ähnlich musste es sich anfühlen, wenn man einen Achttausender erklommen hatte und direkt bei der Ankunft auf dem Gipfel ausrutschte und haltlos in die Tiefe stürzte.

»Nimm doch ein paar Stückchen Kuchen mit rauf«, schlug Mami vor, und ich hätte ihr den Kuchen am liebsten aus der Hand geschlagen.

»Danke, Frau Schneider. Also, tschüs, Leo.« Ohne sich noch einmal umzudrehen, war Sascha auf dem Weg nach Mexiko.

Automatisch begann ich die Spülmaschine auszuräumen. Teller für Teller. Ich musste eine stupide Arbeit machen, um mich abzulenken. Keiner durfte merken, was wirklich in mir vorging.

»Leo, was ist denn mit dir los?« Mami machte keiner so leicht ein X für ein U vor. »Seit wann räumst du freiwillig die Spülmaschine aus?«

Lars grinste spöttisch. »Vielleicht braucht sie ein scharfes Messer …«

Woher wusste er, dass ich einen Riesengroll auf Sascha und Fernanda hatte?

»Stimmt nicht!«, gab ich so cool wie möglich zurück. »Ich habe meine Joggingschuhe gesucht.«

»In der Spülmaschine!?« Mama traute ihren Ohren und Augen nicht.

»Quatsch.« Ich rannte aus der Küche, schnappte mir aus dem Wäscheraum meine Leggins und Sneakers. Um einen klaren Kopf zu bekommen und das Gekicher aus dem ersten Stock nicht mitzubekommen, würde ich ein wenig an der Alster längstraben. Eine halbe Stunde vielleicht. Oder ein halbes Leben. Je nachdem, wie lange die da oben vorhatten zu »üben«.

Kurz bevor die Tür ins Schloss fiel, hörte ich Opa in der Küche sagen: »Heftige Gefühlsregung mit zehn Buchstaben. Vorne EI, hinten UCHT.«

13

Zugegeben, Joggen ging eigentlich anders. Was ich hier tat, war eine sehr freie Interpretation von »Sport treiben«.

»Vier Kugeln mit Sahne, bitte. Und Himbeeren. Und Haselnüsse obendrauf.« Trotzig gab ich in der kleinen Eisdiele meine Bestellung auf.

»Ein Notfall?«, fragte der nette Italiener hinter der Theke. Er kannte mich bereits ein Leben lang und konnte schon anhand meines Gesichtsausdrucks und der Eisauswahl meine aktuelle Gefühlslage einschätzen.

»Ja, na ja, vielleicht!«, gab ich grummelnd zurück, griff mir das Eis und setzte mich auf eine Bank vor der Eisdiele. Ich streckte meine Beine aus, krempelte die Leggins hoch und betrachtete eingehend meine Knie.

Wie zwei Gesichter sahen die aus.

Ob es daran lag, dass sie so knubbelig waren, dass Sascha mehr auf Fernanda stand? Ihre Knie hatte ich mir noch nie genauer angeschaut, aber bestimmt waren sie perfekt.

Wie findest du eigentlich meine Knie?, tippte ich eine SMS an Kati.

Wie ich die finde?, kam umgehend die Antwort. Zwischen deinen Ober- und Unterschenkeln. Hoffe ich zumindest.

Immerhin entlockte sie mir damit ein Grinsen. Dann piepte es noch einmal. Und nein!, las ich weiter. Kalorien wandern nicht in die Knie!

Kati hatte ein wenig die Rolle meiner Oma eingenommen. Sie hatte mir auch immer alle negativen Gedanken aus dem Kopf gepustet.

Und jetzt freu dich einfach auf deinen Geburtstag. Wenn der Kerl nicht will, hat er Pech gehabt!

So etwas konnte auch nur jemand schreiben, der aktuell keinen Liebeskummer hatte. Wie sollte ich mir Sascha aus dem Kopf schlagen? Das war absolut nicht machbar. So als würde man einem Hund sagen, er solle sich nicht auf den Knochen stürzen. Oder einem Kind, es solle im Spielzeugladen nichts anfassen. Ha! Das war doch ein Witz. Absolut unmöglich.

Als ich das Eis ausgelöffelt hatte, linste ich zu dem Verkaufstresen hinüber.

»Noch mehr?«, rief Luigi mir zu.

Vielleicht hieß er gar nicht so, sondern Peter. Oder Klaus. Weil er hier geboren war und einen deutschen Namen bekommen hatte. Doch der Name Luigi versetzte mich gedanklich an die Adria, in die Toskana oder nach Elba. Er klang nach Dolce Vita! Nach dem süßen Leben. Das hätte ich gerne. Und zwar mit Sascha und nicht in Form von noch mehr Eis.

»Nein, danke!«, gab ich zurück und setzte mich langsam in Bewegung.

Mein Herz schlägt schneller als deins. Sie schlagen nicht mehr wie eins. Wir leuchten heller allein. Vielleicht muss es so sein … Andreas Bouranis Worte trafen mich wie ein Schlag in die Magengrube. Wie sollte man denn zu so einem Lied joggen? Da konnten ja nur die Tränen wie Sturzbäche aus einem herausfließen. Der Bourani-Song war ja so etwas wie die Hymne aller frisch Getrennten. Er handelte davon, dass man es auch alleine schaffen würde. Dass es traurig war, man aber die richtige Entscheidung getroffen hatte. Während ich so an der Alster längstrabte, rotierte das Lied in meinem Kopf. Ich machte mir Gedanken über eine Trennung, die überhaupt noch nicht stattgefunden hatte. Nur wegen Fernanda, ihrer bunten Blusen und der Topmodel-Maße.

Doch die würde ich auch bald haben. Ich musste nur endlich aufhören, in Selbstmitleid zu baden, und stattdessen lernen, *auf anderen Wegen zu gehen*. Per Klick beendete ich Herrn Bourani und ließ Coldplay laufen. »Viva La Vida« ertönte. Das Lied war zwar steinalt, aber es brachte mich immer wieder in Schwung. Der Rhythmus war so lebendig und motivierend. Das ideale Lied zum Joggen, fand ich.

Außerdem mochte ich Chris Martin, den Sänger von Coldplay. Er war mal in einer amerikanischen Talkshow gewesen, bei der die Stars mit dem Moderator im Auto fahren und Karaoke singen. Mit Chris Martin war es total witzig, weil der Moderator, der echt gut singen konnte, den Text nicht richtig draufhatte. Nachher übernachteten sie in einem schäbigen Hotel und fuhren am nächsten Tag mit dem Fahrrad weiter, laut »Viva la Vida« singend. Ich musste grinsen beim Laufen.

Wenn Mama und Papa wüssten, dass ich mir ständig auf YouTube solche Videos ansah, anstatt Hausaufgaben zu machen, würden sie wahrscheinlich ausflippen. Mama hatte mal damit gedroht, ab 21 Uhr das WLAN zu kappen. Das hatte ungefähr drei Tage lang geklappt, dann wollte sie entweder selber surfen oder war vorm Fernseher eingeschlafen.

Jedenfalls kannte ich alle Videos mit den im Auto Karaoke singenden Stars. Und so ein Star war Fernanda noch nicht! Die sollte sich nicht einbilden, sie sei Miss Unwiderstehlich. Vielleicht würde ich eines Tages auch so eine verrückte Show moderieren. Ich könnte zum Beispiel auf einem Mofa sitzen und den Hollywoodstar hinter mir spanische Vokabeln abfragen. Oder Gedichte in der Badewanne aufsagen. Dann würde sich Sascha alle zehn Finger nach mir lecken. Genau, das war's! Ich würde selber berühmt werden! Dann würde ich ihn vielleicht mal mit zu einem Dreh nehmen. Oder ihm eine Autogrammkarte schicken.

Ich glaube, ich brauchte ganz schnell eine kalte Dusche, um endlich wieder einen klaren Kopf zu kriegen.

14

Mein allergrößtes Glück auf der Erde war 1,76 Meter groß und hieß Sascha. Mein zweitgrößtes Glück war vierzehn Zentimeter lang und hieß iPhone 6 Plus. Das gute Stück lag in meiner linken Hand, und ich streichelte es so zärtlich, wie man sonst nur ein Baby tätschelte.

Die Geschenke auf meinem Geburtstagstisch waren alle eine Wucht gewesen. Klamotten, Bücher, Schmuck und das »Yippieh-Ya-Yeah«-Handy in Gold. Dazu gab es Kuchen und Ständchen. »Happy Birthday« und die spanische Version »*Cumpleaños feliz*«.

Auch Fernanda hatte mir eine bunterkunte Freude gemacht.

»Ist die echt für mich?« Begeistert hielt ich eine hellgrüne Tunika in die Luft.

»Na klar. Hab ich dir aus Mexiko gebracht. Guck, mit Blumen.«

Selbst mein obercooler Bruder Lars lächelte, als ich mir die Tunika sofort überzog und glücklich mit meinem Handy im Arm durchs Zimmer tanzte. Niemals würde ich Fernanda erzählen, was für böse Gedanken ich manchmal hatte.

»Die lass ich gleich an für heute Abend. Für die Party.«

Opa drückte mir einen Umschlag in die Hand. »Hoffentlich bist du nicht sauer«, sagte er kleinlaut. »Irgendwie bin ich ja nicht mehr rausgekommen. Deswegen habe ich gar kein richtiges Geschenk für dich. Und Mama hat mir gedroht, dass ich es ja nicht wagen soll, dir eine von den Kreuzworträtsel-Maschinen zu schenken.«

»Und was ist da drin?«, fragte ich und befühlte den Umschlag von außen.

»Zahlungsmittel mit vier Buchstaben, würde ich sagen«, quakte mein unsensibler Bruder dazwischen.

Opa grinste und gab seinem Enkel einen angedeuteten Klaps. Ich öffnete den Umschlag und zog tatsächlich einen Fünfzigeuroschein heraus. Kurz überlegte ich, was ich mir davon alles würde kaufen können. Den goldenen Lidschatten zum Beispiel. Der würde farblich auch gut zu meinem neuen Handy passen. Mitten in meiner überschwänglichen Freude bekam ich ein schlechtes Gewissen.

»Opa, ich kann das Geld nicht annehmen«, erklärte ich und reichte ihm den Fünfzigeuroschein. Obwohl es mein Geburtstag war, musste ich reinen Tisch machen. Oder gerade deswegen. Schließlich hatte ich mit meinen fünfzehn Jahren jetzt die nötige Reife. »Ich schulde Oma noch zehn Euro«, gestand ich ihm. »Du wusstest nichts davon, dass sie mir das Geld geliehen hat.«

Meine Familie betrachtete mich stillschweigend.

»Na ja, und dann war es zu spät, ihr das Geld wiederzugeben.« Ich zuckte mit den Achseln.

»Das meinst du nicht ernst, Leolein, oder?«

Stirnrunzelnd sah ich meinen Opa an. Doch, ich meinte es ernst, hätte aber nicht gedacht, dass er so wütend werden würde. Ausgerechnet an meinem Geburtstag.

»Darüber machst du dir nicht ernsthaft Gedanken!«, wiederholte Opa, lachte laut los, stand auf und nahm mich ganz fest in den Arm.

»Du glaubst doch nicht, dass Oma das Geld zurückhaben wollte! Kauf dir davon was Schönes. Irgendwas für eure Feier. Vielleicht eine Packung Zigaretten oder so?«, raunte er mir noch zu.

»Was soll sie kaufen?« Mami hatte gute Ohren.

»Ach, nix. Vergiss es.«

»Da fällt mir aber ein Stein vom Herzen. Das lag mir die ganze Zeit im Magen.«

»Na, dafür hast du aber einen guten Appetit«, meinte Lars anmerken zu müssen und deutete auf den Kuchen, von dem ich mir bereits am frühen Morgen ein dickes Stück einverleibt hatte.

»Apropos Essen. Fernanda, wann machst du die Guacamole?« Mami wollte die Küchenlogistik für den großen Tag planen.

»Direkt nach Schule«, versprach Fernanda.

Trotz der gemeinsamen Nachhilfestunden mit Sascha. Natürlich hätte ich zu gern gewusst, was hinter der geschlossenen Tür vor sich gegangen war. Also, im Grunde in meinem Zimmer. Nachdem Fernanda mir jedoch die grüne Tunika geschenkt und sogar schon alle Zutaten für die mexikanischen

Leckerbissen besorgt hatte, war aller Groll weg. Hauptsache, sie ließ am Abend die Finger von Sascha. Es reichte ja, dass er noch immer das Armband trug, das sie ihm geschenkt hatte.

»Ich mache auch Burritos.«

»Was genau ist das?«, wollte Opa wissen.

»Tortillas aus Weizen«, begann Fernanda zu erklären. »Füllt man mit Bohnen, Avocado, Tomaten, Käse und diese Fleisch. Wie heißt?«

»Rindfleisch?«, warf ich ein.

»Ja, aber in kleine Stückchen. Also, ganz klein.«

»Hack?«, schlug Mama vor.

Fernanda nickte begeistert. »Genau. Hack! Und weißt du, was Burrito heißt auf Deutsch?«

Keine Ahnung. Ich wollte allerdings nicht eingestehen, dass ich es nicht wusste, weil ich mich damit als Nachhilfelehrerin für Sascha entbehrlich machte.

»Kleiner Esel!«, übersetzte Fernanda. Ach ja, stimmte ja. Burro hieß Esel.

Opa lauschte interessiert der Mexiko-Kunde. »Und wieso Eselchen? Was hat das mit diesen Burri-Dingern zu tun?«

»Weil Burritos wie Ohren von Eseln aussehen, sagt man. Ist aber nur eine Geschichte, die man erzählt.«

»Na, dann freuen wir uns, viele kleine Esel auf Leos Party heute Abend zu sehen«, scherzte Papa.

»Ihr seht gar nix«, ging ich dazwischen. »Ihr habt versprochen, nicht da zu sein! Wehe, ihr turnt hier rum.«

An die fünfundzwanzig Leute hatte ich eingeladen. Aus meiner Klasse, aus der Nachbarschaft. Und dann würden noch welche aus der Elften kommen und vielleicht noch zwei Jungs mitbringen, die ich nicht kannte. Da konnte ich es überhaupt nicht gebrauchen, wenn meine Eltern hier als Anstandswauwaus Wache hielten.

»Keine Sorge«, versicherte meine Mutter. »Wir verdrücken uns.«

»Und ich komme auch mit!«, erklärte Opa bestimmt. Innerlich jubilierte ich. Da Opa seit Omas Beerdigung keinen Schritt vor die Tür gemacht hatte, hatte ich schon befürchtet, er würde hierbleiben und meine Gäste nerven. Oder, noch schlimmer, ihnen anbieten, mit ihm eine zu rauchen.

»Das sind gute Nachrichten«, sagte ich. »Aber nicht, dass ihr erst um sieben geht und zur *Tagesschau* schon wieder zurück seid.«

15

Lecker. Leckerer. Burritos. Meine Gäste stürzten sich auf die kleinen Eselchen. Die Weizentortillas waren mit Guacamole, Hack und Hühnchen gefüllt. Fernanda hatte sie appetitlich auf zwei bunten Tellern angerichtet, und alle griffen zu. Vor lauter Aufregung bekam ich nur einen Burrito runter, freute mich aber, dass sie so gut ankamen. Der Partykeller sah echt krass aus. Lars hatte mir sogar noch einen roten Scheinwerfer angebracht und eine weitere Playlist zusammengestellt. Gerade machte er den DJ. So viel Engagement kannte ich gar nicht von ihm. Zumindest nicht, wenn es um mich ging. Wahrscheinlich wollte er was von Opas Fuffziger abhaben.

»Es ist soo megacool!«, brüllte Kati mir ins Ohr und wirbelte wie wild durch den Partyraum. Einer der Elftklässler hatte sie gegriffen und mit ihr einen abgedrehten Tanz hingelegt. Da fiel mir zum ersten Mal auf, dass sie bei ihm leicht rot wurde. Mir erzählte sie ja immer, ich sollte mich Sascha nicht zu sehr in die Arme werfen. Möglicherweise lag die Röte bei Kati aber auch nur an dem Scheinwerferlicht.

»Na, wer hat denn das hier alles so toll hergerichtet?«

Sascha stand plötzlich hinter mir und tippte mich an die Schulter. Ein Gefühl, als wenn mich Blitz und Donner gleichzeitig treffen würden.

»Ach, ich hatte einen ganz brauchbaren Helfer«, sagte ich betont lässig, musste aber über beide Backen grinsen.

»Zeig mir doch mal eure Chill-out-Area.« Er zog mich sanft auf die Matratzenlandschaft hinunter. Genau dorthin, wo wir das letzte Mal gesessen hatten, als Opa dazwischengefunkt hatte. Meinen Herzschlag musste man eigentlich lauter als die donnernden Bässe hören.

»Habe ich dir schon richtig zum Geburtstag gratuliert?«, fragte Sascha. Ja, hatte er.

Die Frage klang aber so aufregend, dass ich behauptete: »Nööö, haste noch nich.«

»Dann müssen wir wohl mal anstoßen. Und vielleicht könnten wir ja auch Brüderschaft trinken?«

Bitte, möge mich niemand aus diesem Traum wecken. Alles, was ich mir jemals gewünscht hatte, sagte mir mein Herzjunge in diesem Moment. Wir saßen auf einer Matratze, und er wollte mit mir Brüderschaft trinken. Hallo!? Jeder wusste ja wohl, was das bedeutete. Mindestens einen Kuss. Ach, wenn ich doch nur jeden Tag fünfzehn werden könnte!

»Klar. Da bin ich dabei«, sagte ich und grinste. »Zur Not auch Schwesternschaft.«

Sascha stand auf. Nein, bitte, nicht aufstehen! »Ich hol uns schnell was zu trinken. Muss ja was Besonderes sein.« Zwinkernd verschwand er im Getümmel.

Gleich würde er zurückkommen, und wir würden uns zum

ersten Mal küssen. Ich musste wissen, ob mit meinen Lippen alles okay war. Nicht dass da irgendwo ein Rest Guacamole klebte.

»Kati!«, schrie ich meiner wie berauscht tanzenden Freundin zu. »Komm mal!«

Sie ließ sich neben mich plumpsen.

»Du musst bitte sofort wieder aufstehen. Aber sag mir schnell eine Sache.« Mit niemandem sonst konnte ich so offen reden. Kati war wie mein zweites Ich. Sie wusste alles über mich. Na ja, fast. Sie wusste noch nicht, dass ich gleich geküsst werden würde.

»Was denn?«, fragte sie völlig außer Puste.

»Habe ich was am Mund?«, brüllte ich ihr ins Ohr.

Kati betrachtete mich, so gut das im Dunkeln ging. »Ja, du hast was am Mund«, sagte sie dann.

Hektisch wischte ich mir über die Lippen.

»Ein feistes, verknalltes Grinsen«, schloss sie, stand wieder auf und sprang mit dem Elftklässler weiter atemlos durch die Nacht.

Nach fünf Minuten wurde ich allmählich nervös. War er zur nächsten Tankstelle gelaufen, um ein würdiges Getränk zu besorgen? Nach zehn Minuten ließ ich den Blick panisch durch den Raum schweifen. War er vielleicht schon wieder zurück und trank mit einer anderen Brüderschaft? Nix zu sehen von Sascha. Allmählich kam ich mir blöd vor, wie ich hier so allein auf der Matratze hockte. Ich versetztes Geburtstagskind.

»Ich geh mal kurz nach oben«, rief ich Kati zu, die nickte, aber garantiert kein einziges Wort verstanden hatte.

Gelächter. Das war das Erste, was ich hörte, als ich die Kellertreppe in Richtung Wohnzimmer erklomm. Ich erkannte die Stimmen, den süßen Akzent, und traute meinen Ohren nicht.

»Und dann nimmt man einen Löffel und haut auf die *Piñata*. Die hängt an die Decke. Dann fallen ganz viel Süßeskeiten raus. So macht man in Mexiko an Geburtstag.«

Noch bevor ich um die Ecke bog, ahnte ich, was mich im Wohnzimmer erwarten würde. Und richtig: schlimmer als Ausschlag und Spinat zusammen. In geselliger Runde saßen meine liebsten Menschen zusammen: Opa, Mama, Papa und Sascha. Direkt neben der Mexikanerin. Sascha hielt ein fast leer getrunkenes Glas in der Hand. Vor Fernanda stand ein Glas mit derselben Flüssigkeit. Ich wollte gar nicht drüber nachdenken, was das zu bedeuten hatte.

»Und woraus sind diese *Piñatas*?« Opa löcherte Fernanda seit ihrer Ankunft mit mehr Fragen, als er mir in meinem ganzen Leben gestellt hatte.

»Aus so einem Ding. Ist komisches Wort. Papier, Klebe. Papapa… ähhh …« Wieder kicherte Fernanda.

»Pappmaschee meinst du?«, half Sascha ihr auf die Sprünge. Mich hatte er wahrgenommen, allerdings nicht mal mit der Wimper gezuckt. So als habe es unseren Plan, Brüderschaft zu trinken, gar nicht gegeben.

»Ja, stimmt. Pappmaschee«, wiederholte Fernanda. »Du weißt es alles.«

War ich eben noch himmelhoch jauchzend, so erreichte meine Laune jetzt mit megaätzgenervt ihren Tiefpunkt. Was sollte das hier? Wieso saß Sascha neben Fernanda, die irgendwas von mexikanischen Bräuchen mit *Piñatas* aus Pappmaschee erzählte, anstatt mit mir knutschend auf der Chill-out-Matratze zu liegen? Wieeesooo? *Por qué?*, hätte ich sie am liebsten angeschrien.

Stattdessen ließ ich meinen Ärger an meiner Familie aus. »Ihr wolltet doch längst weg sein!«

»Das stimmt, Leolein!«, entschuldigte Mami sich. »Aber Fernanda hat so lustige Geschichten erzählt. Wusstest du, dass man in Mexiko mit verbundenen Augen auf die *Piñatas* haut?«

»Papperlapapp!«, erwiderte ich gereizt.

»Nee, Pappmaschee!«, meinte Opa tatsächlich sagen zu müssen.

»Ja, kenne ich schon, die *Piñata*-Nummer.« Kannte ich zwar nicht, aber ich wollte Fernanda einen kleinen Dämpfer verpassen. »Könnt ihr jetzt bitte einfach gehen! Zu McDonald's, zum Kegeln, zu den Nachbarn, ins Auto, irgendwohin?!« Ich flehte meine Eltern geradezu an.

»Leo, ist so toll hier. Deine Familia ist *fantástica. Muchas gracias*, dass ich hier sein kann.« Fernanda fiel mir stürmisch um den Hals und küsste mich auf die Wange. Ich könnte die Augen schließen und mir vorstellen, dass Sascha mich gerade umarmte.

Langsam löste ich mich wieder aus Fernandas Umarmung. »Ich geh dann mal wieder runter«, sagte ich und blickte Sascha an.

Er erhob sich, und ohne auch nur ein Wort über die Getränke zu verlieren, gingen wir die Treppe zum Keller hinunter.

»Du siehst übrigens super aus!«, meinte Sascha und hielt seinen Daumen hoch.

Sofort verzieh ich ihm die Wohnzimmernummer. »Ja, echt?«, fragte ich nach und hoffte, dass er nachlegte. Und mir sagte, was ihm an mir so gefiel. Das war zwar fishing for compliments, aber egal.

Er tat mir den Gefallen. »In der Tunika siehst du einfach genial aus.«

War ja klar. Er hätte alles Mögliche sagen können. Meine ausdrucksstarken Augen loben. Meine langen Beine. Von mir aus auch meine abstehenden Ohren. Aber er fand meine Tunika sexy.

»Ein Geschenk«, erklärte ich vage. Viel lieber hätte ich mal gewusst, ob ich von Sascha auch noch etwas geschenkt bekam.

»Von wem hast du die denn, die Tunika?«

Bevor ich antwortete, stieß ich die Tür zum Partykeller auf. Von dort dröhnte uns so laut die Musik entgegen, dass er meine Antwort, von wem die Tunika war, gar nicht mehr verstehen konnte.

16

Ki-Yes oder Ki-No? Mit der Frage im Kopf sank ich um halb zwei nachts auf die Matratze im Partykeller nieder. Mami hatte kurz durchgelüftet, damit Kati und ich dort schlafen konnten. Ich konnte sie gerade noch davon abhalten, die Flaschen und leeren Chipstüten einzusammeln.

»Mach das doch lieber morgen«, hatte ich gesagt. Haha. Ein Witz. Wie beschwipst kam ich mir vor, ohne auch nur einen Schluck Alkohol getrunken zu haben!

»Sind Kinogutscheine jetzt gut oder schlecht?« Zum x-ten Mal löcherte ich Kati mit dieser Frage.

»Natürlich ist das ein super Geschenk, habe ich doch gesagt.« Kati hob mit angeekeltem Gesichtsausdruck einen Pappteller aus der Matratzenritze, auf dem noch ein Klacks Guacamole thronte.

»Wer packt denn hier seinen Teller …«

»Ist doch egal«, unterbrach ich sie und schob mit meinem Fuß ein Stück Kuchen unter den Tapeziertisch. Bis eben hatte hier noch das pralle Leben getobt. Die Fete war ein voller Erfolg gewesen. Timo, ein Junge aus einer Klasse über uns, hatte mir sogar den »Gefällt mir«-Daumen gezeigt, während er zur Musik abging. Hoffentlich hatte Sascha gesehen, dass sogar die älteren Jungs meine Fete cool fanden! Der schönste Moment war allerdings, als Sascha ein kleines, viereckiges Päckchen herausholte und mir kurz vor seinem Abschied gab. Selbst eingepackt. Immerhin nicht in Zeitungspapier. In dem Päckchen waren zwei Kinogutscheine.

»Aber irgendwie sind Kinotickets doch auch langweilig, oder?« Ich war mir einfach nicht sicher, ob Sascha einfach nur das erstbeste Geschenk ausgesucht hatte oder ob da eine Message dahintersteckte.

»Er hat sich richtig Gedanken gemacht. Es sind zwei Tickets. ZWEIHEI!!« Kati streckte ihren Zeige- und Mittelfinger in die Luft, was kompliziert war, weil sie sich gleichzeitig ihr Schlafshirt anzog. Gebetsmühlenartig wiederholte sie, was sie mir schon tausendfach versichert hatte: Kinogutscheine waren super!

»Vielleicht will er gar nicht, dass ich mit ihm hingehe?«

»Mit wem denn sonst?« Kati breitete Schlafdecken und Kissen aus.

Ihr fielen beinahe die Augen zu. Doch sie würde sich niemals einfach so schlafen legen, solange ich noch mit dem Sinn des Geschenks haderte. Hieß im Klartext: Kati würde möglicherweise noch bis Weihnachten wach bleiben müssen.

»Na ja, irgendwie habe ich das Gefühl, dass er auf Fernanda steht.« Endlich war es raus. Irgendjemandem musste ich mich einfach mal anvertrauen, sonst würde ich noch ersticken an meiner Eifersucht.

»Wie kommst du denn darauf?«

»Wie ich darauf komme?« Meine Stimme überschlug sich beinahe, so aufgeputscht war ich von dem Tanzen, Essen, Trinken, Lachen und auch ein bisschen vom Ärgern.

»Vorhin zum Beispiel, als ich ins Wohnzimmer kam, saß er direkt neben Fernanda. Und außerdem gibt sie ihm Nachhilfe!«

Kati stöhnte leise. »Dafür kann er doch aber nichts. Das hat der Schweinhagen bestimmt. Mach den an.«

Unzufrieden schlüpfte ich unter die Decke. Aus der Ecke pulte ich ein paar Popcorn hervor und steckte sie mir in den Mund.

»Außerdem hat er total oft mit Fernanda getanzt!«, sagte ich mit einer großen Portion Trotz.

»Ja, aber mindestens genauso häufig mit dir!«

Ob es eigentlich schwierig war, meine Freundin zu sein? In letzter Zeit drehte sich alles nur um mich: Oma tot. Sascha will mich nicht. Und natürlich meine tolle Austauschschülerin Fernanda.

Kati meisterte diese Krisensituation wie eine wahre Heldin. Beizeiten würde ich sie für den Beste-Freundinnen-Nobelpreis vorschlagen. Wie, so eine Ehrung gab es gar nicht? Dann wurde es höchste Zeit, sie für Kati zu erfinden.

Mein Kopf sank aufs Kissen. Meine Beine waren bleiern, wollten aber immer noch tanzen. Am besten die ganze Nacht durch. Mit ihm! Sich verknotende Beine im Sieben-Drölftel-Takt. Hilfe, ich knallte langsam durch!

»Vergiss nicht, dass sie auch total gut Salsa tanzen kann. Das hat sie ihm einfach beigebracht.«

»Reicht es nicht«, erwiderte ich zickig, »dass sie ihm spanische Vokabeln beibringt? Muss es jetzt auch noch Salsa sein?«

An Katis Stelle hätte ich an dieser Stelle gesagt, ich solle mich gehackt legen, auswandern und mir irgendeinen rumänischen Bergarbeitersohn schnappen oder per Hypnose Sascha aus meinem Kopf streichen.

»Leo, du bist jetzt fünfzehn. Fast erwachsen. Da könntest du ja eigentlich zu ihm hingehen und ihn fragen, wie das gemeint war mit den Kinotickets.«

Mehr Popcorn fand ich leider nicht in der Ritze.

»Ihn fragen? Du hast gut reden.«

»Nur, weil ich keinen Freund habe, heißt es ja nicht, dass ich nicht merke, was Sache ist.« Wurde Kati jetzt doch ungehalten? Mein Geburtstag sollte bitte nicht in einem Streit enden! »Jetzt hör mir mal gut zu. Ich glaube nämlich, dass es alles ganz anders ist, als du denkst, denn …«

Tock, tock. Zaghaft klopfte es gegen die Kellertür.

»Wer ist denn da?«, erkundigte ich mich leise. Bitte nicht Mama, die, mit einem Staubsauger bewaffnet, doch noch mal eben Klarschiff machen wollte. Oder Opa mit einem Smoothie-Maker. Oder Lars, der seinen Laptop zurückhaben wollte. Oder Papa, um nur mal eben zu gucken, ob sich hier wirklich kein Junge mehr versteckt hielt.

»*Hola*, störe euch?« Fernanda streckte ihren Kopf zur Tür herein und lächelte schüchtern. In dem Moment kam sie mir wie ein Alien vor. Eben hatten wir noch über sie geredet, also, okay, ICH hatte über sie geredet. Und plopp, stand sie im Raum. Irgendwie verdrängte ich immer, dass sie wirklich bei uns im Haus wohnte und nicht nur eine Fata Morgana war. Was mir, ehrlich gesagt, manchmal lieber gewesen wäre.

»Nein. Komm rein«, sagte Kati sofort.

Ich nickte. Gut, dass Kati das Heft in die Hand nahm.

»Wollte fragen, ob ich hier schlafe? Darf ich? War so schön die *fiesta*, Leo. *Por favor*, kann ich schlafen hier in Kelle?«

»Es heißt Keller!«, korrigierten Kati und ich sie und mussten wie wild lachen. Es klang einfach zu lustig, wenn sie haarscharf an den richtigen Worten vorbeischrammte.

»Na, komm. Wir rücken ein wenig zusammen!«, schlug ich vor und machte Platz.

»Deine Burritos waren voll lecker«, meinte Kati.

Sie wusste einfach immer, was wann zu sagen war. Wieso konnte ich nicht so sein? Mann, ich mochte unseren mexikanischen Gast wirklich sehr. Wenn sie nur nicht … Dass sie an Sascha herumbaggerte, war in etwa so, als wenn man sich seine Lieblingspizza bestellte, die dann ein anderer aufaß.

»Ja, mir haben sie auch sehr gut geschmeckt.« Na, ging doch. Ich war gar nicht so ein Drachen. Okay, im Gegensatz zu Fernanda, die immer gut drauf war, spie ich schon hin und wieder mal Feuer. Vermutlich hatte sie aber auch nicht ansatzweise so viele Probleme wie ich seit Neuestem.

»Oh, das freut mich so. Danke!« Fernanda lag zwischen Kati und mir und schniefte. Erkältet? Zu viel mit Jungs, die nicht ihr gehörten, vor der Tür herumgelungert?

»Ich habe die *burritos* zum ersten Mal gemacht. Seit meine *abuela* tot ist.«

Oh. Das war das Einzige, was mir einfiel. Ich sollte meine

Vorurteile mal schön in eine Schublade einschließen und sie nie wieder rauslassen. *Abuela*. Oma! Fernanda hatte also auch ihre Großmutter verloren. Es gab keine Exklusivtrauer für mich. Auch andere Menschen hatten Sorgen. Irgendwie tröstlich. In diesem Fall bekam ich allerdings ein schlechtes Gewissen.

»Oh, deine auch. Wann ist sie denn gestorben?«, hakte ich nach und schaute Fernanda kurz von der Seite an.

»Letzte Jahr. War krank.«

Ich sollte nicht so schlecht über manche Leute denken. Sie lassen, wie sie sind. Vor allem sollte ich meine Freundschaft zu Fernanda nicht durch meine Eifersucht kaputt machen. In meinem nun beinahe erwachsenen, also sehr reifen Alter beschloss ich, von nun an gelassener durchs Leben zu gehen. Und Fernanda mehr zu vertrauen.

Ich wagte mich einen gewaltigen Schritt nach vorne. »Sag mal, magst du Sascha eigentlich?«, fragte ich so beiläufig wie möglich. Kati kniff ein Auge zusammen und fixierte mich. Mit angehaltener Luft wartete ich auf Fernandas Antwort.

»Ist sehr nett, ja«, meinte Fernanda. Dass sie jeden sehr nett fand, war mir ja klar.

Ich wollte aber was ganz anderes wissen. »Also, ob du ein bisschen in ihn verliebt bist.«

»*Amor!*«, mischte sich Kati ein.

Fernanda lachte. Lauthals. »Leo. Was denken du? Sascha ist nicht mein Essen!«, sagte sie bestimmt und lächelte mich an.

»Nicht dein Essen?«, fragte ich dümmlich nach. Dachten

Mexikaner nur in Burrito-Dimensionen? Wie meinte sie das? Vielleicht, dass sie ihn total heiß fand, aber nichts mehr essen wollte, damit sie nicht zu dick wurde? Oder sie wollte ihn noch nicht gleich heiraten, damit sie nicht jeden Tag in der Küche stehen und Essen kochen musste. Was aber nicht bedeutete, dass sie es nicht irgendwann gerne für Sascha täte. »Er ist nicht mein Essen!«, hatte sie gesagt. Ob sie meinte, dass er nicht ihr Essen isst? Sprich, dass er so ein Gentleman war, dass er ihr nichts wegaß?

»Leo, hallo, haaaallloooo!?«

Kati musste schon länger versucht haben, zu mir durchzudringen. Offenbar hatte sie an meinem panischen Gesichtsausdruck erkannt, dass ich mich gerade in den wildesten Spekulationen verlor.

Von oben hörten wir ein lautes »Gute Nacht« und »Licht aus!«. Mit zittrigen Beinen stand ich auf, um den Lichtschalter zu drücken. Immer noch analysierte ich, was es bedeuten konnte, wenn eine sehr schlanke Mexikanerin sagte, ein Junge sei nicht ihr Essen. Dass sie nur Luft und Liebe brauchte? Und nie wieder essen würde?

»Leo! Hör. Mir. Zu.«

»Was?« Ruckartig drehte ich mich zu Kati um.

Sie atmete schwer aus. Die tiefen Ringe unter ihren Augen verrieten mir, dass sie am liebsten schon vor einer Stunde Augen und Ohren zugemacht hätte.

»Was Fernanda damit, glaube ich, sagen will«, Kati sprach langsam und deutlich wie mit einer Dreijährigen, »ist, dass Sascha nicht ihr Typ ist.«

Wie kam sie denn jetzt darauf? Nur, um mir einen Gefallen zu tun, musste Kati so etwas nicht sagen.

»›Er ist nicht mein Essen‹ könnte bedeuten, aber das war bestimmt auch dein erster Gedanke, da bin ich mir ganz sicher«, sagte Kati süffisant, »dass er nicht ihr Geschmack ist! Ihr fehlte bloß das Wort.«

Während ich meine beste aller allerbesten Freundinnen ansah wie den Messias persönlich, nickte Fernanda heftig. »Genau. Das wollte ich sagen. Nicht mein Gesmack!«

Diese Interpretation schmeckte mir bestens!

17

Ich saß in dem Café, in dem Opa und Oma immer so gerne Kuchen gegessen und Kaffee getrunken hatten. Und in dem er ihr einen Heiratsantrag gemacht hatte. Ich trug einen dunkelbraunen Hosenanzug, eine schwarze Bluse und war in etwa doppelt so alt wie ich. Also, wie ich jetzt.

Ich schlürfte Cappuccino und war dezent geschminkt. Eigentlich sah ich ganz gut aus, bloß die hochhackigen Schuhe bereiteten mir Sorgen. Wo waren meine Sneakers geblieben? Scheinbar interessiert blätterte ich in einer Zeitung und blieb bei einer Kinokritik hängen. Doch die Buchstaben verschwammen vor meinen Augen, sosehr ich auch versuchte, mich darauf zu konzentrieren. Vor mir auf dem Teller lag ein Stück Käsekuchen, das ich nicht angerührt hatte. Prüfend betrachtete ich mich, um dann erleichtert festzustellen, dass ich zwar offenbar fünfzehn Jahre älter, aber nicht fünfzehn Kilo schwerer geworden war.

Das Café sah fast noch genauso aus wie damals, als ich mit Oma und Opa immer hier gewesen war.

Der Kellner an der Theke warf mir einen fragenden Blick zu, aber ich schüttelte nur hektisch den Kopf. Vermutlich fragte er sich, wie jemand so nervös sein konnte und seit Stunden hier saß, ohne einen Bissen zu sich zu nehmen. Meine Hände waren so schweißnass, dass mir die Zeitung beinahe aus den Händen flutschte.

Als die Tür aufging, tat ich so, als würde mich der neue Gast nicht im Geringsten interessieren. Der Mann, der hereinkam, war in etwa so alt wie ich und sah einem Jungen sehr ähnlich, der mir mal vor einer Ewigkeit Kinogutscheine zum fünfzehnten Geburtstag geschenkt hatte. Ein Mann, der mir all die Jahre nicht aus dem Kopf gegangen war. Wir waren hier verabredet, und er kam zu spät. So hatte ich mir dieses Treffen nicht vorgestellt. Lustlos nahm ich einen Schluck Kaffee. Bäh! Wie schmeckte der denn!? Ich mochte doch gar keinen Kaffee. Irgendetwas stimmte hier nicht.

»Na, keinen Hunger?«, fragte der Mann, der sich mir gegenüber auf einen Stuhl gesetzt hatte. Er trug eine Jeans, ein braunes Hemd und hatte noch genauso strahlende Augen wie Lichtjahre zuvor.

»Nö. Nicht wirklich!«, antwortete ich, und meine Stimme erschreckte mich. Sie klang viel erwachsener, aber trotzdem immer noch wie die des kleinen Mädchens, das beleidigt war, dass die Dinge nicht so liefen, wie sie es sich gewünscht hatte.

Wieso war er so spät gekommen? War es ihm doch nicht so wichtig?

»Schade. Der Käsekuchen hier soll eine Wucht sein. Ich hatte gehofft, du hättest ihn schon aufgegessen!«

Mir war wirklich der Appetit vergangen. »Damit wir dann gleich wieder gehen können?«, gab ich leicht schnippisch zurück.

Würde sich dieser Tonfall denn niemals ändern?, fragte ich mich, als ich mir selber zuhörte.

Ich war enttäuscht. Irgendwie hatte ich auf etwas Besonderes gehofft. Nach vielen Jahren hatten Sascha und ich uns wiedergetroffen, und ich hatte gedacht, dass es jetzt so richtig ernst werden und in die Zielgerade gehen würde.

»Sollen wir gehen?«, fragte ich, weil ich mit diesem Café einfach zu viele Erinnerungen verband und es nicht ertragen konnte, dass sich meine Wünsche nicht erfüllten.

»Wenn du meinst!«, antwortete der Mann mir gegenüber. »Schade. Um den Kuchen und so.«

»Du wolltest doch eh nicht mit mir Kuchen essen!«, keifte ich Sascha an.

Den Käsekuchen ließ ich unangetastet stehen und rannte in die Nacht hinaus. Ich sah nicht, wie Sascha enttäuscht zurückblieb, der Kellner an den Tisch trat, nach der Bestellung fragte und Sascha nur mit den Achseln zuckte. Ich bekam nicht mit, wie Sascha sich eine Gabel schnappte und in dem Quark herumstocherte. Nach kurzer Zeit zog er etwas Silbernes, Rundes mit einem glänzenden Stein aus dem Kuchen. Er ließ es in seine Jackentasche fallen und verließ langsam das Café an der Alster.

Als ich erkannte, was das Runde, Silberne war, schreckte ich schweißgebadet aus meinem Traum auf und war wieder fünfzehn.

18

Mein Appetit war immer noch groß. Mein Appetit auf Sascha. Zumal Fernanda mir ja versichert hatte, dass er nicht ihr Geschmack war. Das Gespräch mit ihr, meine hippe Party und mein reifes Alter gaben mir neues Selbstbewusstsein. Was sprach dagegen, Sascha in der Schule nach den Kinogutscheinen zu fragen? Das Leben konnte manchmal so einfach sein. Probleme mit einem Jungen? Statt sich das Hirn zu zermartern, sollte man einfach zu ihm hingehen und darüber reden. Hatte mich das nicht der Traum gelehrt?

Eine irre Alternative, die sich hier bot, fand ich. Wie oft hatte ich schon grübelnd im Bett gelegen und mir mindestens 7830. Varianten überlegt, wie ein gewisser Satz oder der Blick eines Jungen gemeint sein könnten. Oft hatte ich Kati mitten in der Nacht per WhatsApp aus dem Schlaf gerissen, um von ihr Variante 7831. präsentiert zu bekommen. Damit war jetzt Schluss. Ich, Leo, würde einen Neuanfang wagen, ein anderer Mensch werden. Ich war auf dem besten Weg, erwachsen zu werden. Nichts konnte mich stoppen. Alles würde gut werden.

»Schlecht, Leo, echt schlecht, deine Arbeit! Nur eine Vier.«

Meine Mathelehrerin Frau Harms holte mich ins Hier und Jetzt zurück. »Da muss aber mehr von dir kommen«, gab sie mir noch mit.

»Leo, *qué pasa*?«, fragte Herr Steinhagen eine Stunde später. »Der Spanischtest war *nada*, nichts.«

Von wegen, ich hatte mein Leben im Griff. Mein schulisches auf keinen Fall.

»Kann es sein, dass du dich in letzter Zeit zu viel mit deiner Geburtstagsfeier beschäftigt hast?« Herr Steinhagen drückte mir eine Vier minus in die Hand.

Fernanda blickte mitleidig zu mir rüber. Sie hatte natürlich eine Eins. Und Sascha eine unfassbare Zwei minus. Nur ich hatte versagt.

Strich drunter. Aufstehen, Krönchen richten, weitermachen. Ich würde wieder die Alte werden. Jetzt, da mein Privatproblem keines mehr war, würde ich mich wieder um Hausaufgaben, Vokabeln und Matheformeln kümmern können.

Als es klingelte, stürmte ich aus dem Klassenzimmer, um bloß nicht noch mal mit Schweinhagen reden zu müssen. Auf keinen Fall durfte ich Sascha verpassen, um ihm die Frage aller Fragen stellen: Willst du mit mir ins Kino gehen? Natürlich könnte ich ihn auch erst mal fragen, ob wir zusammen nach Hause fahren, um ihn dann unterwegs aufs Kino anzusprechen. Bei den Fahrradständern wollte ich ihn abfangen.

»Kommst du noch mit zum Buchladen? Ich muss was für die Schule kaufen.« Kati stand plötzlich neben mir.

»Und du glaubst, mir täten ein paar Lehrbücher auch ganz

gut?« Genervt rollte ich mit den Augen, weil es mir überhaupt nicht passte, dass meine Noten auf Tauchstation gingen.

»Quatsch. So meinte ich das gar nicht. Kommst du nun mit?«

Hektisch sah ich mich um, um ja nicht Sascha zu verpassen. »Äh nee. Ich muss noch, äh, ich hab noch. Also, geht leider nicht«, stammelte ich herum. »Muss für die Schule lernen.«

»Hm, klar.« Kati grinste. Bestimmt wusste sie ganz genau, was ich hier trieb. Euphorisch wollte ich ihr gerade meinen Plan schildern, als sie mich hinter einen Baum zog.

»Was soll das? Lass mich los. Ich muss …«

»Du musst mal ganz vorsichtig um die Ecke gucken«, sagte Kati mit einer Miene, die nichts Gutes bedeutete.

Unauffällig lugte ich hinter dem Eichenstamm hervor.

Ich kam, sah und weinte. Schnell zog ich den Kopf wieder zurück. »Das sind ja … Das gibt's doch nicht. Ich dachte …« Stotternd erklärte ich Kati, was für mich nicht zu erklären war. Aber sie hatte ja mit eigenen Augen gesehen, wie Sascha mit einem Mädchen davongeradelt war. Mit keiner Geringeren als mit Fernanda. Genau, die Fernanda, die in meinem Zimmer wohnte und mir weismachen wollte, sie hätte nuuuuuuuullll Interesse an Sascha. *Madre mía!* Glaubte sie tatsächlich, sie könnte mich so an der Nase herumführen?

»Komm, schnell!« Ungeduldig zerrte ich Kati am Arm zu unseren Fahrrädern. »Mach zu!«, spornte ich sie an, schneller das Schloss zu öffnen. »Sonst sind sie weg.«

»Du willst die beiden jetzt nicht verfolgen?«, fragte Kati kopfschüttelnd, während sie in Windeseile auf ihr Rad sprang.

»Oh doch«, sagte ich bestimmt und trat in die Pedale.

»Eigentlich müsste ich ja in den Buchladen«, merkte Kati kurz an, schüttelte dann aber den Kopf. Man musste Prioritäten setzen im Leben.

An der nächsten Straßenecke bremste ich abrupt ab. Beinahe wäre Kati mir hinten reingedonnert.

»Hey, Leo, sag mal, spinnst du?«

»Sorry. Wir müssen erst schauen, wo sie sind.« Vorsichtig spähte ich um die Straßenecke. »Da sind sie! Oh nooo!« Ich hatte sie entdeckt und spürte, wie ich aschfahl wurde. Das durfte doch nicht wahr sein!

»Was ist denn jetzt schon wieder?« Kati verrenkte sich den Hals, um in die Querstraße zu blicken.

So sahen wir beide, wie Sascha und Fernanda lachend in ein Café gingen.

»Was machen die denn da?«, wollte ich wissen. Kati zuckte nur mit den Schultern.

»Glaubst du, dass sie ihm da Nachhilfe gibt?«

Kati zuckte ein zweites Mal mit den Schultern. Sie antwortete mir nicht. Wahrscheinlich wollte sie nicht diejenige sein, die die bittere Wahrheit laut aussprach: dass mein Lieblingsjunge und meine mexikanische Austauschfreundin unter einer Decke steckten. Na ja, zumindest zusammen in einem Café. Kein Zweifel, dass es sich hierbei um ein rein privates Date handelte.

»Komm, wir gehen da rein«, sagte ich.

Doch Kati schüttelte energisch den Kopf. »Auf keinen Fall. Wir fahren jetzt zum Buchladen. Sofort. Hörst du, Leo?«

Kati war die mit dem klaren Kopf. Sie bewahrte mich vor einem megapeinlichen Auftritt. Es hätte gut sein können, dass ich sonst ins Café gestürmt wäre und Fernanda ins Limoglas gespuckt hätte. Oder zumindest einmal laut geschrien hätte. Vielleicht hätte ich mir auch die Tunika über den Kopf gezogen und Fernanda an selbigen geschmissen. Das wäre in vielerlei Hinsicht extrem peinlich gewesen.

»Komm, wir gehen Bücher gucken.«

Widerstandslos ließ ich mich mitschleifen. Wieso passierte mir das? Wieso konnte ich nicht, wie jedes andere Mädchen auch, einen netten Freund haben, der von mir träumte? Und zwar NUR von mir.

»Brauchst du auch noch irgendein Buch?«, hakte Kati nach, als wir vor dem Krimiregal standen.

Ich hatte noch kein einziges Wort gesprochen. »Ich nehme das hier: *Viele Wege führen zu Mord.*«

19

Am liebsten hätte ich alle kaltgemacht. Natürlich nur in Gedanken. Ich war so verdammt sauer auf alle. Auf Sascha. Auf meine Lehrer. Meinen Bruder. Unser Zimmer. Und natürlich auf Fernanda.

»Kann ich Mutter für mein Brot haben?«

Opa lachte lauthals auf. Das war das Erste, was ich hörte, als ich die Treppe hinunterkam. Eine fröhliche Familie, weil Fernanda mal wieder sooo was Süßes gesagt hatte.

»Du willst Mutter aufs Brot schmieren?«, fragte Mama und prustete los.

Ob Fernanda das alles absichtlich machte und in Wahrheit besser Deutsch als wir alle zusammen sprach? Mann, war ich geladen. Wann war sie überhaupt von ihrem Café-Tête-à-Tête zurückgekommen?

Ich holte tief Luft und betrat die Küche. »So kann man sich überhaupt nicht konzentrieren!«

»Was meinst du? Willst du nicht mit uns essen?«

»Ich muss Mathe machen, dringend. Da habe ich keine Zeit, über eure kleinen Wortwitze zu schmunzeln.«

Opa, Mama und Papa warfen sich ein paar erstaunte Blicke zu, während ich geräuschvoll einen Stuhl zurückzog und mich an den Tisch setzte. So schlecht gelaunt war ich das letzte Mal gewesen, als es bei Edeka keine *duplos* mehr gegeben hatte.

»Du lernst das eh nie!«, rief Lars.

»Was soll denn das?«, fuhr ich ihn an.

»Du raffst es nicht. Bist mit deinen Gedanken sonst wo. Oder hast null Schnall!«

»Das ist eine Frechheit!«, rief ich.

»Dann sag doch, wie man eine Wurzel berechnet.«

»Hier sag ich das bestimmt nicht!«

»Weil du es nicht weißt!«

»Du kannst mich mal! Du bist so ein Klugscheißer. Weißt alles besser. Dabei sollst du es mir doch beibringen!«

»Dir bringe ich gar nichts mehr bei. Du hörst ja nie zu.«

Mami sprang vom Stuhl auf und versuchte, Lars und mich zu beruhigen.

»Was ist denn nur los mit euch! Regt euch ab! Ich kann dir Mathe erklären, Leo.«

»Ha!«, meinte Papa lachend, »ich dachte, Leo soll BESSER werden in Mathe.«

»Witzig! Jetzt fang du auch noch an mit so einem Mist.« Dass sie mir helfen wollte, zeigte, wie verzweifelt Mami war. Beim Blick auf meine schlechten Arbeiten vorhin hatte sie gar nicht gewusst, ob sie schimpfen oder mich in den Arm nehmen sollte.

»Leochen, wenn Lars zu viel um die Ohren hat, könnte

Fernanda dir doch Spanisch erklären, vielleicht. Was meinst du, Fernanda?«

Die Mexikanerin am Tisch nickte zustimmend. »*Claro que sí*«, sagte sie sofort.

»Ich denke«, erwiderte ich genüsslich, und meine Augen verengten sich gefährlich, »dass Fernanda gar nicht genug Zeit dafür hätte. So beschäftigt, wie sie mit anderem ist, also einem anderen.«

Opa scannte alle Anwesenden am Tisch. Nun hatte auch der Letzte realisiert, dass die Stimmung sehr weit entfernt war von Friede, Freude, Eierkuchen.

»Wahrscheinlich bleibe ich sitzen. Kein Wunder. Wie soll man auch lernen können, wenn man sich das Zimmer mit seinem Bruder teilen muss? Als Fünfzehnjährige! Pah. Und dann noch ohne Schreibtisch. Aber Hauptsache, ihr tauscht Tortilla-Rezepte aus!«

Ich hatte mich richtig in Rage geflippt, ganz ohne Luft zu holen. Und auch die anderen hatten es nicht gewagt zu atmen. Fernandas Augen waren angsterfüllt. Ob sie überhaupt alles verstanden hatte?

»Du kannst wieder in dein Zimmer: Ich schlafe anders.« Fernanda legte mir eine Hand auf den Arm, was ich gar nicht haben konnte. Ich musste mich beherrschen, sie nicht abzuschütteln.

»Und wo willst du dann schlafen, Fernanda?« Mama hoffte, dass wir eine Lösung fanden. Damit sich niemand mehr zoffte. »Ja wohl kaum bei Lars!« Mama fand sich besonders lustig.

»Im Gartenhaus schlafe ich«, schlug Fernanda vor.

»Das kommt nicht infrage«, mischte sich Lars ein. Vermutlich bunkerte er dort eine Kiste Bier und wollte nicht entdeckt werden.

»Nein, natürlich nicht«, sagte Opa und nahm einen Schluck Milch. »Ich muss wieder nach Hause. Schließlich geh ich euch hier schon lang genug auf die Nerven.« Das war genau der Satz, auf den ich so lange gewartet hatte. Trotzdem musste ich schwer schlucken, als Opa sagte: »Morgen pack ich meine Siebensachen.«

Ach, Omi,

jetzt hab ich Opa verjagt. Er denkt, er muss gehen, weil ich so herumgeschrien habe. Dabei hat er gar nichts Schlimmes gemacht. Im Gegenteil: Er hat mir die zehn Euro geschenkt, die ich dir noch schulde. Ich hoffe, das ist in Ordnung!? Ehrlich gesagt hab ich das Geld auch schon für meinen Geburtstag ausgegeben. Der war super, aber auch irgendwie merkwürdig. Und ich weiß überhaupt nicht, woran ich bin. Wann wusstest du, dass Opa der Richtige für dich ist? Also, war das immer klar? Dass ihr irgendwann zusammenwohnt und Kinder habt? Sascha ist momentan ungefähr so weit weg für mich wie Australien. Unerreichbar. Hattet ihr auch solche Probleme?

Ich hoffe nicht. Oder ich hoffe doch, weil dann hätte ich noch Hoffnung.
Deine Leo! (verwirrt!)
PS: Hast du schon irgendjemanden getroffen, den du kennst?

20

Er bekam ja noch nicht mal seine drei Sachen zusammen. Opa packte so lahm wie eine Schnecke, die humpelt. War ja klar, dass er nicht von heute auf morgen wieder ausziehen würde. Eher auf überübermorgen.

»Das macht er nur, weil er keinen Bock hat, alleine zu sein«, erklärte Lars wenig sensibel.

»Ist ja auch kein Wunder«, rügte Mami ihren Sohn. »Stell dir vor, du wärst auf einmal ganz allein.«

Das war für meinen Bruder natürlich eine Steilvorlage.

»Könnte mir nichts Schöneres vorstellen«, erwiderte er mit einem genervten Blick auf mich.

»Na toll! Ich würde auch lieber mit dem Weißen Hai eine Nacht in der Badewanne verbringen, als noch länger mit dir das Zimmer zu teilen!«, rief ich wütend zurück.

»Ja, ja, nicht wieder die Leier«, ging Mami sofort dazwischen, weil sie wusste, dass sie in ein Wespennest gestochen hatte. »Ihr müsst jetzt zur Schule.« Damit beendete sie das leidige Thema.

Lars sprintete aus dem Haus, als seien die Polizei, drei Schäferhunde und Daniela Katzenberger hinter ihm her. Er flüchtete. Vor mir. Vermutlich befürchtete er, wir müssten auch noch zusammen zur Schule fahren. Mir war es egal, meine Gedanken waren eh woanders. Na klar, da, wo sie immer waren. Bei Sascha. Dort hatten meine Gedanken eine Aufenthaltsgenehmigung beantragt.

In diesem Fall allerdings freute ich mich auf die Planung des Tags der offenen Tür.

»Also, habt ihr euch was überlegt?«, fragte Herr Steinhagen, als wir uns alle im Spanischunterricht versammelt hatten. »Jeder Kurs denkt sich eine Aktion aus. Und die Sprachkurse stellen die Kultur der einzelnen Länder vor.«

»Könnten wir vielleicht einen Stierkampf nachstellen?«, wollte Witzbold Thore wissen. »Das würde doch zum Spanischunterricht passen.«

Herr Steinhagen grinste müde. »Du meinst, weil du für deine Lehrer ein rotes Tuch bist?«

Thore lachte ihn frech an. »An mir kann sich noch so manch einer die Hörner abstoßen.«

Fernanda sah mich fragend an und wollte wissen, was Thore gesagt hatte. Solche Redewendungen kannte sie nicht.

»Vergiss es«, antwortete ich. »Das, was der sagt, kommt einem eh nur spanisch vor.«

Fernandas Gesichtsausdruck verriet mir, dass sie immer noch rätselte.

»Wenn Sie das nicht wollen«, rief Max, »könnten wir ja den Ballermann nachstellen.«

»Ihr wollt Mallorca nach Hamburg holen?«

»Ja, mit Sangria trinken und so!«

»Und der Franzkurs macht eine Weinprobe oder einen Pastisstand auf«, meldete sich Tom zu Wort.

»Tolle Idee. Die Eltern, die zum Tag der offenen Tür kommen, werden sooofort ihre Kinder hier anmelden. Mann, Mann, bleibt mal schön bei Cola und Apfelschorle.«

Thore zuckte nur mit den Schultern. Er heckte gemeinsam mit Max flüsternd etwas anderes aus. Fernanda fragte mich, ob wir etwas zusammen machen wollten.

Och nöö. Irgendwie hatte ich echt keine Lust dazu. Fantastic Fernanda zu Hause reichte mir. Wieso mussten wir jetzt auch noch diese Aktion gemeinsam machen? Vielleicht war das fies von mir, aber einen auf Freundin machen war nicht so mein Ding. Sicherlich war ich rasend, weil sie Sascha gefiel. Andererseits konnte ich sie jetzt auch nicht vor den Kopf stoßen und ablehnen. »Was sollen wir denn machen?«, fragte ich daher etwas lustlos.

»Kennst du *Día de los Muertos*? Tag der Toten?«

Äh. Das klang irgendwie sterbenslangweilig. Oh, was dachte ich da! »Klingt traurig«, gab ich zurück.

»Nein, ist lustig. Alle feiern und freuen am Tag der Toten«, sagte Fernanda begeistert.

»Na, Leo, was diskutiert ihr da so eifrig?«, erkundigte sich Herr Steinhagen.

Gezwungenermaßen musste ich sagen, worüber wir geredet hatten, damit unser Lehrer nicht dachte, wir quatschten nur ohne Sinn und Verstand.

»Fernanda und ich machen etwas über Mexiko. Über den Tag der Toten. Den *Día* …« Ich zögerte und hoffte, dass Fernanda mir zu Hilfe kam.

»*Día de los Muertos*«, sprang sie prompt ein. »Da feiert man die Toten, die nicht mehr leben.«

Eigentlich war das eine Formulierung, über die man hätte lachen können. Mir stiegen aber die Tränen in die Augen, weil meine Oma eine Tote war, die nicht mehr lebte.

»Man singt und tanzt. Und überall Blumen. In schönen Farben. Dann finden die Toten den Weg nach Hause besser.« Fernandas Deutsch hatte sich wirklich verbessert. Aber was erzählte sie da? Tanzen, singen, Blumen? Das klang eher nach einer Hochzeitsfeier.

»Und man baut einen Altar, heißt so auch auf Deutsch?« Wir nickten allesamt. »Darauf man stellt Fotos der Toten. Essen für sie. Und *calaveras de dulce* … Äh, wie heißt?«

Unser Spanischlehrer half uns. »Totenköpfe aus Zuckerguss.«

»Ja, *gracias*. Ist nicht traurig. Alle fröhlich!«

Herr Steinhagen notierte sich etwas auf seinem Klemmbrett.

»Das klingt sehr interessant, Leo und Fernanda. Ist notiert. Noch mehr Vorschläge? Ernsthafte?«, fügte er noch schnell hinzu.

»Ja, wir machen mexikanische Musik«, verkündete Sascha. Er saß vier Reihen vor uns und hatte sich bisher noch nicht einmal umgedreht. Nun aber sah er zu uns. Obwohl … irgendwie schaute er Fernanda mehr an als mich, fand ich.

»Gute Idee. Da hat Fernanda ja bestimmt auch ein paar

Ideen«, ermutigte Herr Steinhagen Sascha, sich doch an die mexikanische Austauschschülerin zu wenden.

Ob er das Thema nur vorgeschlagen hatte, um Fernanda zu beeindrucken und noch mehr Zeit mit ihr verbringen zu können? Wusste ich es doch, dass mein merkwürdiges Gefühl stimmte. *Dios mío!* Fantastic Fernanda wickelte sie alle um den Finger! *Que Misto!,* oder so ähnlich.

Sascha holte sich noch Max und Paul in seine Gruppe.

»Habt ihr schon einen Namen?«, wollte Herr Steinhagen wissen. Wohl, weil er, ganz der Bürokrat, das in einer Lücke auf ihrem Formular eintragen musste.

»*Sí*«, rief Sascha. »*Los Samapas!*«

»*Los* was?«, erwiderte Herr Steinhagen irritiert.

»Es ist eine Abkürzung«, klärte ich alle auf. »*Los Samapas.* Für Sascha, Max und Paul. Richtig?«

Sascha nickte zufrieden. Ich konnte mich täuschen, aber er sah anerkennend zu mir. Glaubte ich.

»*Vale. Muy bien*«, sagte Herr Steinhagen. »Habt ihr schon gehört, was der Franzkurs macht?«

»Ja, die organisieren einen Crêpes-Stand«, erklärte Kati.

»Und sie bauen eine Boulebahn auf.«

»Très bien!« Mann, war der Steinhagen ein Fremdsprachen-Ass.

»Dann legt mal los. Der Tag der offenen Tür ist ja schon in knapp zwei Wochen.«

Nach der Schule gingen wir im großen Pulk nach Hause. Ich schob mein Fahrrad, um neben Sascha zu laufen. Nun durfte uns niemand entgegenkommen. Wir würden ihn verschlucken oder auf die Straße drängen.

»Also, was machen wir jetzt am Tag der offenen Tür?«, rief Thore, der vor der Gruppe lief.

»Wir basteln einen Stier aus Zuckerguss«, schlug Max vor.

»Dem Stier flößen wir Sangria ein«, fuhr Sascha fort.

»Dann versucht er, mit einem Crêpe Boule zu spielen«, meinte Kati lachend.

»Und Frau Stegner kippt ganz beschwipst um«, fügte ich hinzu.

»Und die *Samapas* singen ein Freudenlied dazu«, beendete Max unsere Nonsens-Idee.

Wir grölten bei der Vorstellung und vertrieben eine Mutter mit Kinderkarre auf die andere Straßenseite. Bestimmt hoffte sie, dass ihr Kind nie, niemals so flegelig und ungehörig werden würde wie diese Horde Jugendlicher, die da auf dem Gehweg randalierte.

»Bevor die *Samapas* auf große Welttournee gehen …«, sagte Sascha etwas leiser zu mir, »… sollten wir auf jeden Fall noch die Kinogutscheine einlösen, was meinst du?«

Ich meinte: Jippieh, und nickte eifrig.

»Morgen?«

Wieder nickte ich. Innerlich jubilierte ich. Das hier war alles, was ich wollte. Ich schaute gen Himmel und dankte allen, die da oben möglicherweise Regie führten. Auch wenn wir gerade erst den *Día de los Muertos* geplant hatten, würde das morgen mit Sascha der *Día de los Vivos* werden, der Tag der Lebenden!

21

Wie Brausepulver in einem Glas Mineralwasser fühlte ich mich. Prickelig, mit Hummeln im Hintern.

»Leo, setz dich doch mal hin. Du machst mich ja noch ganz nervös.«

Schon die ganze Zeit flippte ich wie eine Billardkugel durchs Haus. Opa klopfte auf den Stuhl neben sich und zeigte auf das Schälchen mit Schokokeksen. Mühsam würgte ich mir einen hinunter. Es waren meine Lieblingskekse, ich hatte aber überhaupt keinen Appetit, weil ich so, nun ja, was war ich eigentlich? Eben in so einer speziellen, beflügelten Stimmung.

»Das Herz betreffend mit acht Buchstaben«, stellte mein Großvater eine weitere Rätselfrage in den Raum. »Vorne mit V, hinten mit BT.«

Der Mann saß hier jetzt seit Tagen, nein, Wochen rum und löste ein Kreuzworträtsel nach dem anderen. Mit Traumzielen von den Malediven bis Magdeburg. Ach, wenn er doch nur endlich seine Reise gewinnen würde, dachte ich, dann hätte ich mein Zimmer endlich wieder. Wenn es mit Sascha so rasant weiterging, dann würde ich das bestimmt brauchen.

Sofort schämte ich mich für meine Gedanken, weil ich meinen Opa ja nicht einfach vor die Tür setzen konnte, nur weil ich … weil ich verliebt war.

»Verliebt«, sagte ich, wurde knallrot, schnappte mir einen Keks, stopfte ihn in den Mund, drehte mich um und stürmte zur Tür. Ich hatte etwas vor.

»Warte mal, Leo. Nimm das hier bitte mit und stecke es ein.«

Opa trug fein säuberlich das Wort »verliebt« in sein Kreuzworträtsel und hatte damit den letzten Buchstaben des Lösungsworts gefunden. »VALENCIA.« Sorgfältig schnitt er den Schnipsel aus der Zeitung aus, dann stand er schwerfällig auf, um einen Briefumschlag zu suchen. Elendig langsam beschriftete er den Umschlag mit einer Adresse, die er aus der Zeitung abschrieb. Umständlich befeuchtete er eine Briefmarke.

»Mensch, Opa. Schick denen das Lösungswort doch per SMS oder übers Internet!«

»Da kommt das niemals an«, meinte Opa bestimmt.

»›Das kommt niemals an‹ ist doch nur deine Ausrede dafür, dass du nicht weißt, wie es geht, stimmt's?« Ich neckte ihn gerne, und Opa kannte mich gut genug, um zu wissen, wie er mich ausbremsen konnte.

»Wenn du möchtest, kannst du mir jetzt gerne dieses Internet erklären«, schlug er feixend vor. »Du hast doch bestimmt Zeit für deinen alten Opa, um ihn in aller Ruhe in die unendlichen Weiten dieses mysteriösen Dings einzuführen.«

Erschrocken griff ich nach dem Brief. »Gib schon her. Ich bring ihn zur Post.«

Schon war ich draußen, schwang mich aufs Rad und warf den Brief in den Postkasten. Vielleicht hätte ich noch einmal kontrollieren sollen, ob er nicht Valencia als Empfängerort draufgeschrieben hatte. Mein Ziel war Hamburg-Hummelsbüttel. Der Stadtteil, in dem Sascha wohnte. Wie ein Magnet hatte mich eine unbekannte Macht in seine Richtung gezogen. Einfach nur mal gucken, ob er da war, hatte ich mir gesagt.

Ich fahre gerade zu Sascha, simste ich Kati und hoffte auf eine schnelle Antwort. So was wie: Hä?! Wieso? Kino ist doch erst morgen. Mach dich nicht unglücklich.

Aber ich wollte ihn jetzt sehen. Auf der Stelle. Sofort. Natürlich konnte das auch nach hinten losgehen. Sascha könnte denken, ich stalke ihn. Was ich im Grunde genommen tat, allerdings nie zugeben würde. Natürlich wäre es viel cooler, zu Hause zu sitzen und mit fremden Jungs zu chatten, um dann morgen ganz lässig im Kino aufzudribbeln.

Aber nein, *Señorita* Leo musste ja wieder vorpreschen! Nur, warum nicht? Der Weg von der Schule nach Hause war einer der schönsten Momente ever mit ihm gewesen. Ich hatte das Gefühl gehabt, dass er sich mit mir genauso wohlfühlte wie ich mit ihm. Sonst hätte er ja wohl kaum einen gemeinsamen Kinobesuch vorgeschlagen. Kati würde mir also begeistert Beifall klatschen und mich für meine Eigeninitiative loben.

Pling!, da kam auch schon ihre Antwort. Du hängst an ihm wie eine Klette. Das mögen Jungs nicht. Sei geheimnisvoller!

Äh, ja, gut, das war eine verschlüsselte Botschaft. Übersetzt sollte dies bedeuten: Weiter so. Du machst alles richtig.

Prompt zögerte ich und bremste kurz vor Saschas Haustür ab. War ich vor einer halben Stunde noch Feuer und Flamme für meine Spontanidee gewesen, so überlegte ich jetzt, ob ich nicht als der allergrößte Honk dastand, wenn ich einfach so bei Sascha klingelte.

»Hallo, wir treffen uns zwar morgen, aber ich wollte dich jetzt schon mal sehen, damit ich dich morgen wiedererkenne.« Das hätte ich sagen können. Wäre das geheimnisvoll? Mysteriös? Würden Jungs auf so einen Spruch stehen?

Irgendwo hatte ich mal so einen Sinnspruch auf Englisch gelesen: »So consumed with getting him to love her, she forgot to love herself.« Weil sie nur damit beschäftigt war, ihn dazu zu bekommen, sie zu lieben, vergaß sie ganz, sich selbst zu lieben. So die Übersetzung. Wow! Hatte es einen Grund, dass der Spruch mir jetzt wieder einfiel? War das eine Botschaft?

Allmählich wurde es dunkel, und ich war unschlüssig, was ich tun sollte.

Fahr da nicht hin. Dreh um! Katis nächste SMS sollte mir meine Entscheidung leichter machen. Ich würde auf sie hören. Wenn auch nur halb. Ich würde nicht zu Sascha fahren. Allerdings würde ich ihm eine WhatsApp-Nachricht schicken. Damit er wusste, dass er könnte, wenn er denn wollte. Dass ich aber dennoch nicht so leicht zu haben war, weil ich nicht direkt auf seinem Fußabtreter vor der Haustür stand, sondern seeeeehr geheimnisvoll hundert Meter weiter an der nächsten Straßenecke.

Hey. Ich weiß, das Leben ist kurz, aber kannst du davon vielleicht jetzt gerade noch fünf Minuten für mich abknapsen?, tippte ich und schickte das Ganze sofort ab. Lässiger Text? Peinlich? Ich wusste gar nichts mehr und beschloss, Kati die Nachricht nicht zum Gegenlesen zu schicken. Sie würde mich nur noch mehr durcheinanderbringen. Wahrscheinlich würde sie sagen, dass sie den Text anbiedernd fand. Das wollte ich jetzt keinesfalls hören.

Bibbernd wartete ich auf die zwei »Gelesen«-Häkchen. Keine Minute später erschien das magische Wort »schreibt«. Sascha antwortete schon. Schnell loggte ich mich aus, denn ich wollte nicht, dass Sascha sah, wie sehnsüchtig ich seiner Nachricht entgegenfieberte. Ach, dieser WhatsApp-Knigge mit all seinen Flirtregeln war echt anstrengend! Nicht zuuu viele Smileys, nicht zu schnell und zu oft antworten. Lustig schreiben, aber nicht zu lang. Puh!

Mit klopfendem Herzen loggte ich mich wieder ein und öffnete Saschas Nachricht: Leider kann ich gerade nicht, freue mich aber aufs Kino morgen.

Aufgeregt las ich die Nachricht gleich vier Mal hintereinander und versuchte zu erspüren, was er mit den Worten wohl meinte. Also, war es etwas Gutes oder Schlechtes? Er konnte jetzt nicht, Kino aber ja. Im Grunde war es eine »Ja-Nein«-Antwort. Eine Himmelhochjauchzend-zu-Tode-betrübt-Nachricht, oder?

Entgegen meiner vorherigen Entscheidung leitete ich Kati die SMS weiter. Was meint er wohl damit?, schrieb ich dazu.

Kurz darauf kam eine Sprachnachricht meiner Freundin an.

»Hmmmm, Leo, lass mal überlegen, was er damit meinen könnte«, sagte Kati.

Ihre Stimme hallte. Im Hintergrund hörte ich Bälle aufprallen. Ach ja, Kati war beim Volleyballtraining. »Vielleicht meint er damit, dass er jetzt gerade keine Zeit hat, sich aber auf morgen freut?« Dann lachte sie und sagte, dass sie jetzt die Jungs, die mit in der Halle trainierten, anbaggern müsste.

Sie hatte ja recht. Gerade wollte ich umdrehen, als ich aus dem Augenwinkel etwas vor Saschas Tür entdeckte, was mir bekannt vorkam. Ein Rad, das einmal mir gehört hatte und jetzt von einer Person benutzt wurde, die bei uns im Haus, in meinem Zimmer, wohnte. Fernandas Rad stand am Zaun vor Saschas Haus. Was bitte sollte das? Was machte Fernanda da? Hatte Sascha deshalb keine Zeit?

Wie aufs Stichwort ging die Tür auf, und zwei mir leider nur allzu bekannte Menschen kamen heraus. Lachend schlenderten Sascha und Fernanda zu ihren Rädern. Wieso war sie um die Zeit eigentlich noch unterwegs?, fragte ich mich mit einem gewaltigen Stich in der Herzgegend. Warum erlaubte Mami das? Konnte sie nicht etwas strenger mit der Mexikanerin sein? Am besten, sie gab ihr gleich Stubenarrest, weil sie, sagen wir mal, den Abwasch nicht gemacht hatte. Was eigentlich meine Aufgabe gewesen wäre, fiel mir gerade ein. Irgend so etwas. Jedenfalls sollte sie sich so spätabends nicht ungestraft mit »meinem« Freund, okay, »Fast-Freund«, auf der Straße herumtreiben. Mann, war ich sauer! Was war das hier für ein Megamist?

Vorhin hatte Fernanda noch einen auf allerallerbeste *amiga* gemacht, als sie mir das gemeinsame Projekt vorgeschlagen hatte. Und nun streifte sie mit dem Jungen umher, der behauptet hatte, sich auf mich zu freuen. Ja, freute der sich denn auf jeden? Würde er auch der Bundeskanzlerin oder der Fleischverkäuferin im Supermarkt schreiben, dass er sich sehr auf sie freute? Mann, ey!

Vorsichtig schob ich mich aus dem Gebüsch, in das ich mich zum Schutz gedrückt hatte. Der worst case wäre ja wohl, wenn die beiden mich jetzt noch entdeckten. Zitternd stellte ich bei meinem Handy die Kamerafunktion ein und schoss ein Bild der beiden. Es war ganz schlecht zu erkennen wegen der Dunkelheit, aber immerhin ein Beweis. Fragte sich nur, wofür. Schließlich konnte ich das Pärchen schlecht bei der Polizei anzeigen. Aus Mangel an Alternativen schickte ich es Kati mit dem Hinweis: Guck dir das mal an!!!

Unauffällig, Leo! Halt dich zurück!, schwor ich mir, als ich den beiden in sicherem Abstand folgte. Bitte, lieber Gott, mach, dass sie sich nicht umdrehen und das panische, vor Eifersucht beinahe platzende Mädchen bemerken! Ich schlug mich nicht schlecht, wie ich fand. Wie ein echter Profi mied ich Straßenlaternen und hielt mich im Schatten der Häuser. Vielleicht würde ich mich ganz gut als Detektivin machen. Dann hätte die Nummer hier zumindest einen Sinn gehabt.

So stand ich gerade in einer dunklen Einfahrt, als Sascha und Fernanda ihre Fahrräder vor einem Wohnhaus anschlossen. Seltsam, wer wohnte denn da? Hier kannte ich niemanden. Das war unbekanntes Terrain für mich. Ich beobachtete, wie Fernanda klingelte und die beiden im Haus verschwanden.

Nach fünf Minuten schlich ich mich über die Straße und

checkte die Klingelschilder. Keiner der Namen sagte mir etwas. Geistesgegenwärtig observierte ich die Fenster, um zu sehen, wo Licht brannte. Nach meinen Berechnungen mussten die zwei in die Wohnung mit dem Klingelschild »Sánchez« gegangen sein. War das ein Verwandter von Fernanda? Jemand mit einem Geheimnis? Und was hatte Sascha damit zu tun? Sánchez gab es in Spanien und Mexiko leider wie Sand am Meer, so wie bei uns Müller, Meier oder Schmidt. Die würde ich nicht mal googeln können.

Während ich noch überlegte, hatte ich schon mein Handy gezückt und Namen und Straße bei Google eingegeben. Die Datenrate war mir gerade total egal. Doch ich fand nichts. Keinen Eintrag, der mir weitergeholfen hätte.

Unentschlossen tigerte ich auf und ab, dann stieg ich wieder auf mein Rad und fuhr missmutig zurück nach Hause. Ohne Abendbrot verkroch ich mich in Lars' und mein Zimmer und zog mir die Bettdecke über den Kopf. Erst eine SMS von Kati riss mich aus meinen trüben, wütenden und wirren Gedanken.

Kati schrieb: Sind das deine schwarzen Gedanken? Ich erkenne gar nix. Alles dunkel.

Eine gefühlte Ewigkeit später hörte ich, wie die Haustür aufgeschlossen wurde. Fernanda kam heim. Es war schon halb elf! Wie gut, dass mich das überhaupt nicht belastete oder beunruhigte und ich in einen tiefen Schlaf sinken konnte.

Ha! Von wegen. Heulend lag ich die halbe Nacht wach!

22

Ich konnte es nicht ändern. Aber ich konnte mich ändern. Wenn ich wollte, dass Sascha zu mir umschwenkte, musste ich ihn überraschen. Und ich tat, was alle Frauen tun, deren Leben sich dramatisch verändert hatte: Ich packte das Problem bei der Wurzel. Bei der Haarwurzel.

Nach der Schule hockte ich in unserem Badezimmer mit einer Art Duschhaube auf dem Kopf. Die Tür hatte ich abgeschlossen und zuvor einen kurzen Abstecher zum Drogeriemarkt gemacht. »Haartönung Ebenholz« hieß meine Eroberung. Wecke die Südländerin in dir, dachte ich.

Das Date mit Sascha würde ich mir nicht entgehen lassen. Heute Abend waren wir um neunzehn Uhr fürs Kino verabredet, das hatten wir in der Schule ausgemacht. Dabei hatte mir sein Gesichtsausdruck nicht verraten, ob er kurz davor war, mit mir Schluss zu machen. Er war ein wirklich guter Schauspieler. So leicht wollte ich ihn aber nicht davonkommen lassen. Wenn er die Segel streichen wollte, bevor wir in See gestochen waren, dann sollte er's mir ins Gesicht sagen. Und sich dabei wundern. Über meine neue Haarfarbe. So!

»Leo, lass mich endlich rein.« Lars hämmerte gegen die Badezimmertür.

»Noch nicht«, gab ich barsch zurück, verärgert darüber, dass mein Bruder mich in diesem wichtigen Moment meiner Verwandlung störte. »Geh nach unten.«

»Ey, du nervst echt«, kam es durch die Tür zurück. »Was treibst du da eigentlich seit Stunden? Ach, lass mal, das will ich gar nicht wissen.«

Gleich würde die glamouröse Enthüllung stattfinden. Anschließend musste ich mich nur noch heimlich aus dem Haus schleichen, damit Fernanda mich nicht sah und den Braten roch. Es war echt schwierig, die Konkurrenz im eigenen Haus wohnen zu haben!

Konzentriert studierte ich die Anweisungen auf der Verpackung und checkte die Uhr auf meinem Handy. Ein paar Minuten fehlten zwar noch, aber egal. Es war an der Zeit, die Hüllen fallen zu lassen.

Hastig zog ich die Haube ab, wusch die Haare aus und föhnte sie flugs über Kopf. Mit einem Ruck warf ich meine Haare zurück und betrachtete mich im Spiegel.

»Bist du jetzt endlich fertig?«, rief Lars und bollerte gegen die Tür.

Ob ich fertig war? Ich war fix und fertig. Erledigt. Das feurige Schwarz auf meinem Kopf hatte einen Stich. Einen leichten Orangestich. Ich musste träumen. All das konnte nicht wahr sein. Hätte ich vielleicht doch noch die paar Minuten warten sollen? Hätte, hätte, Fahrradkette.

Da ich ja schon die halbe Nacht durchgeheult hatte, hätte

ich gedacht, dass meine Tränenquelle versiegt war. Doch wie ein Sturzbach flossen die Tränen aus meinen Augen, bis ich die Katastrophe auf meinem Kopf nur noch verschwommen wahrnehmen konnte.

»Das darf nicht wahr sein!«, flüsterte ich immer wieder wie ein Mantra. Als ich den ersten Megaschock verdaut hatte, griff ich nach meinem Handy und schickte Kati eine SOS-Nachricht: Hilfe! Komm schnell. Wehe, du lachst mich aus. Haaar, Haaar, Haar.

An Katis Stelle hätte ich die psychotherapeutische Abteilung des Krankenhauses informiert. Ich hätte mich auch ohne Diskussion einweisen lassen. Stattdessen klopfte es zehn Minuten später sachte an der Badezimmertür. Das konnte nicht Lars, sondern nur Kati sein. Sie musste einen neuen Weltrekord aufgestellt haben, so schnell, wie sie gewesen war. Ich öffnete einen Spaltbreit die Tür, um sie hereinzulassen.

»Was ist denn los? Ich weiß gar nicht …«, fragte sie atemlos, dann stockte sie plötzlich und starrte entsetzt auf meine Haare. »Okay, ich sehe das Problem. Was sollte das denn werden? Wolltest du dich als Pumuckl bewerben?«

Ein verzweifeltes Lachen drang aus meiner Kehle.

»Witzig«, schluchzte ich. »Bitte hilf mir. Ich wollte eigentlich schwarze Haare.«

»Verstehe«, sagte Kati nur und blickte auf ihre Uhr.

»Leo, es tut mir total leid, aber ich muss zum Zahnarzt. Meine Mutter killt mich, wenn ich da nicht hingehe.«

Schniefend schnappte ich nach Luft. »Aber was soll ich denn jetzt machen?«

»Wenn ich das wüsste! Komm mit. Dann gehen wir zum Friseur. Neben dem Zahnarzt ist einer.«

»Da bekomm ich doch jetzt auf die Schnelle nie im Leben einen Termin! Außerdem muss ich in anderthalb Stunden schon im Kino sein!«

Kati nahm mich in den Arm, tunlichst bemüht, mit ihren Klamotten nicht meine Haare zu streifen. Wer konnte es ihr verdenken? »Komm mal mit.«

»Holst du mir aus meinem Zimmer ein Käppi? Ohne gehe ich nicht raus.«

»Es ist viel zu warm für 'ne Mütze.«

»Mir egal«, sagte ich bestimmt. So würde ich mich ganz bestimmt nicht der Öffentlichkeit präsentieren!

»Na, dann zeig doch mal, Schönheitskönigin, was du da die ganze Zeit gemacht hast!«, rief Lars und riss mir das Käppi vom Kopf.

Der Blödmann hatte hinter der Tür gelauert, nur um mich jetzt bloßzustellen! Ohne mein Käppi fühlte ich mich komplett nackt. Und damit nicht genug: Direkt neben Lars stand Fernanda und hatte freie Sicht auf das Desaster.

»*Dios mío, Leo, qué pasa?*« Fernanda schlug die Hände über ihrem Kopf zusammen, dem mit den seidig glänzenden, langen schwarzen Haaren.

Ich hätte schreien können vor Wut! »Ach, *nada*, nichts!«, winkte ich ab und tat so, als wenn es bei mir an der Tagesordnung wäre, meinen Haaren eine abscheuliche Farbe zu verpassen. Heute Orange, morgen Lila. Was sollte sein? Mich wollte ja eh kein Typ haben. Im Grunde hätte ich mir auch eine Glatze rasieren können.

»Ich muss echt los, du weißt schon.« Kati tippte sich an die Zähne, bewegte sich aber nicht, weil sie wohl das Schlimmste befürchtete. Dass ich einen Nervenzusammenbruch bekam und selber zur Schere griff und alles ratzekahl abmähte.

»Mach dir nicht Sorgen!«, beruhigte Fernanda Kati. »Ich kümmere.«

Ausgerechnet! Das Mädchen, wegen dem ich dieses ganze Theater veranstaltet hatte, wollte mir helfen.

»Super, dann gehe ich jetzt zum Zahnarzt.« Kati stürmte die Treppe runter, und Fernanda gab Lars ein Zeichen, sich zu verziehen.

»Warum hast du gemacht?«, wollte sie wissen.

Das lag doch wohl auf der Hand! Für sie mussten meine straßenköterblonden, halblangen Haare doch die reinste Bankrotterklärung sein! War es wirklich so erstaunlich, dass ich aussehen wollte wie eine rassige Mexikanerin, um bei Sascha auch nur ansatzweise den Hauch einer Chance zu haben?

»Nur so«, antwortete ich. Ich hatte nicht vor, sie zu tief in meine Gefühlswelt blicken zu lassen. Schließlich glaubte ich ihr kein Wort davon, dass Sascha »nicht ihr Essen« war.

»Warte. Ich komme gleich.«

Mit einer großen Portion Selbstmitleid saß ich schniefend auf dem Badezimmerhocker. Lars lugte einmal um die Ecke. Selbst er traute sich nicht mehr, mich anzusprechen. Ein falsches Wort, und ich würde explodieren. Das merkte sogar mein unsensibler Bruder.

»So, Augen zu.« Fernanda war zurückgekehrt mit einer Tüte unbekannten Inhalts. Sie rührte etwas an, befeuchtete meine Haare und strich eine Paste drauf, die sie sorgfältig einmassierte. »Warten!«, forderte sie mich auf.

Plötzlich hatte Fernanda einen Ton am Leib, den ich so nicht von ihr kannte. Nicht unfreundlich, aber bestimmt. Wie wenn man mit einem Kind sprach, das richtig Mist gebaut hatte und nicht mehr Herr seiner Sinne war. Was ja im Grunde auch zutraf.

»So, Wasser.« Fernanda wusch die mysteriöse Paste aus meinen Haaren, stellte den Föhn an und bugsierte mich danach vor den Spiegel. »*Mira*. Guck!«

Ich traute meinen Augen kaum. Meine Haare leuchteten in einem satten Braun. Von dem Orangeton war nichts mehr zu sehen. Ich hatte zwar das Gefühl, überhaupt nicht mehr wie ich selbst auszusehen, aber immerhin würde keiner mehr denken, ich sei auf dem Weg zum Karneval.

»Wie hast du das gemacht?«, wollte ich mit zitternder Stimme wissen.

»Geheimrezept von *abuela*«, meinte Fernanda, beugte sich zu mir vor und flüsterte mir etwas ins Ohr.

»Eeecht?«, fragte ich und war mir nicht sicher, ob Fernanda mich nicht veralberte.

»Mach nie wieder das!«, tadelte Fernanda mich. »Du hast so tolle Haare!«

»Was, ich?« Sie wollte mich offenbar doch auf den Arm nehmen. Dieser Engel mit den schwarzen Haaren erzählte mir, dass sie meine Frisur und Haarfarbe mochte?!

Fernanda nickte. »*No te compares con nadie. Ten la cabeza alta y recuerda: no eres ni mejor ni peor, simplemente eres tú!*«

Ich schluckte und übersetzte in Gedanken Fernandas weise Worte: »Vergleich dich mit niemandem. Halte deinen Kopf hoch und denk dran: Du bist weder besser noch schlechter, du bist einfach nur du.«

Wenn ich nicht so wahnsinnig eifersüchtig auf Fernanda gewesen wäre, hätte ich sie jetzt am liebsten umarmt.

»Ist der auch von deiner *abuela*?«, fragte ich unsere mexikanische Austauschschülerin.

Fernanda nickte, und ich dachte an meine Oma, die immer gesagt hatte, dass Vergleichen das Ende des Glücks sei. So richtig verstanden hatte ich den Satz nie. Doch er klang so ähnlich wie die Worte von Fernandas Oma. Unsere beiden Großmütter hätten sich sicher gut verstanden. Schade, dass man das nicht von den Enkelinnen sagen konnte.

»*Gracias*, Fernanda!«, quetschte ich mir gerade noch raus, bevor ich loseilte, um nicht zu spät zum Kino zu kommen. Sascha würde bestimmt die Nase rümpfen, wenn er meine Haare sah. Immerhin hatte er keinen Augenkrebs zu befürchten, dank Fernanda und ihres Spezialrezepts. Konnte es sein, fragte ich mich unterwegs und erinnerte mich an das, was Fernanda mir ins Ohr geflüstert hatte, dass die dubiose Mischung wirklich nur aus Wasser und Schokolade bestand?

23

Die Farbe. Sie fiel ihm noch nicht einmal auf. Sascha sagte kein Sterbenswörtchen zu meinen Haaren. Und ich hatte schon befürchtet, er würde mich gar nicht erkennen! Nichts da. Vor dem Kino ging er geradewegs auf mich zu, lächelte mich sogar ein wenig an.

»Willste Popcorn?« Ich bejahte und hoffte, dass er eine große Tüte kaufte, damit wir beide aus einer essen konnten.

»Hier, die ist für dich«, sagte er und drückte mir eine kleine in die Hand.

Mehr Zeichen brauchte ich eigentlich nicht mehr. Meine Haare waren ihm nicht einmal aufgefallen, und Popcorn wollte er sich auch nicht mit mir teilen. Angesäuert setzte ich mich im Kino neben ihn. So viel Alarm für nichts!

»Alles okay?«, fragte Sascha.

»Klar!«, meinte ich und dachte, dass gar nichts okay sei.

Der Film war ganz spannend. Ich hatte extra keine Romantic Comedy ausgesucht, um Sascha nicht zu verschrecken. So beobachteten wir nun, wie der Protagonist die Welt vor irgendeinem Feind beschützte und unter viel Geballer am

Ende der Held war. Und seine Frau zurückgewann. Und seine Tochter. X-mal gesehen, aber völlig in Ordnung.

»War cool, oder?«, meinte Sascha, als wir nach Filmende wieder in der Kinolobby standen.

»Hmmm«, machte ich und drückte mich etwas näher an ihn heran. Der letzte Versuch. Wie würde Sascha reagieren?

»Ich muss mal auf Klo!«, sagte er und verdrückte sich in Richtung WC. Die mit Abstand unglücklichste Variante.

»Ist dir an mir eigentlich gar nichts aufgefallen?«, wagte ich mich noch mal vor, als er von den Toiletten zurückkam. Im dunklen Kino hatte man ja wirklich nichts sehen können, aber hier im Scheinwerferlicht musste ich auf ihn wirken wie ein Alien.

»Nö. Was denn? Dass du so ruhig bist?«

»Was? Nee. Meine Haare.« Ich deutete nach oben.

»Was ist denn mit denen?« Sascha wirkte gelangweilt und checkte parallel die Nachrichten auf seinem Handy.

Ich holte ebenfalls mein Handy hervor und gab vor, irre wichtige Messages zu lesen. In Wahrheit scrollte ich mich durch mein Fotoalbum.

Plötzlich stand Sascha neben mir. »Was ist das denn für ein Foto?«

Er zeigte ausgerechnet auf das, was ich neulich in eine Hecke gedrückt im Dunkeln von ihm und Fernanda gemacht hatte. Wie peinlich! Gott sei Dank sah man nichts.

»Ach, das kann ich löschen, ist nix geworden.«

»Und was ist nun mit deinen Haaren?«, fragte er erneut, genauso gelangweilt wie vorher.

»Die Farbe ist anders«, half ich ihm auf die Sprünge.

»Ach so? Ist mir gar nicht aufgefallen.«

»Wie findest du es denn so?«, hakte ich nach.

»Gut«, sagte er.

»Und vorher?«

»Auch gut.«

Zorn stieg in mir auf. Was war denn das für ein teilnahmsloses Gefasel? Das konnte ich nicht auf mir sitzen lassen!

»Du stehst doch viel mehr auf schwarze Haare, oder?«

»Nö, wieso?«, fragte Sascha und runzelte die Stirn.

Es konnte ihm doch nicht egal sein, wie meine Haare aussahen! Er machte mich so wütend in diesem Moment, dass ich komplett die Contenance verlor und das tat, was Mädchen eigentlich nicht tun sollten. Ich rastete aus.

»Gib doch einfach zu, dass du auf südländische Typen stehst! Gib es doch einfach zu!« Die letzten Worte schrie ich beinahe, dann stürmte ich aus dem Kino. Grußlos. Sascha blieb schweigend und ratlos zurück.

Als ich in der U-Bahn saß, hätte ich mich ohrfeigen können. Wie sehr hatte ich mir einen Kuss erhofft, stattdessen hatte ich mich aufgeführt wie eine Furie. Irgendwie war Sascha aber auch schuld, fand ich. Hätte er die große Popcorntüte gekauft, wäre es niemals so weit gekommen. Dass er mir das Popcorn überhaupt, zusätzlich zur Kinokarte, ausgegeben hatte, konnte ich in meiner Wut nicht berücksichtigen.

Vor lauter Eifersucht hatte ich Sascha vergrault. Weil ich ihn angemacht hatte wegen der schwarzen Haare. So viel also mal zum Thema »nicht vergleichen«!

24

»**Pumuckl** sieht wieder wie ein normaler Mensch aus.« So begrüßte mich Kati am nächsten Tag in der Schule. Abends hatte ich mein Handy ausgeschaltet und nicht mehr auf ihre SMS reagiert. Das war auch nicht die feine englische Art, zumal meine beste Freundin bei jeder SOS-SMS sofort auf der Matte stand. Da hätte sie zumindest eine Antwort verdient gehabt. Doch dazu war ich nicht mehr in der Lage gewesen, zu sehr hatte ich mich über mich selber geärgert und die Nacht mal wieder in tränennassen Bettlaken verbracht. Leo Schneider, du blöde Kuh, nun reiß dich mal zusammen!

»Ja, Fernanda hat mir geholfen mit einer Wundermischung.«

»Ach, echt?« Kati drehte sich zu Fernanda um und streckte ihr den Gefällt-mir-Daumen entgegen. »Super!«

Fernanda zuckte nur mit den Schultern. »Kein Problem. War es schön?«

Ich tat so, als hätte ich die Frage nicht gehört, und redete über die Mathehausaufgaben. Kati blickte mich irritiert an. Wenn ich freiwillig über Mathe sprach, musste eine Katastrophe passiert sein.

Zu dumm, dass ich mit Fernanda noch den »Tag der Toten« ausrichten musste. Aber danach würde ich sie meiden, bis zu ihrer Rückreise nach Mexiko. Doch wer weiß, bei meinem Glück würde sie wahrscheinlich noch 98 Jahre in Hamburg bleiben, womöglich gleich bei Sascha einziehen.

An der Haustür stieß ich mit einem Paketboten zusammen, der mir etwas Längliches in die Hand drückte.

»Opaaaaa«, rief ich genervt, nachdem ich aufgeschlossen hatte. »Hier ist wieder irgend so ein Ungetüm!«

»Ah, der Stabmixer«, rief Opa erfreut, so als wollte er in unserem Haus ein Dreisternerestaurant aufmachen und es hätte ihm nur noch der Mixer gefehlt.

»Mama flippt aus.«

»Na, dann hätte sie ja was mit ihrer Tochter gemeinsam«, sagte Opa und musterte mich eingehend.

»Wie meinst du das?«, blaffte ich ihn in einem Ätzton an und stellte das Paket auf dem Küchentisch ab.

»Du klingst so, als würdest du gleich den Fernseher eintreten.«

»Den nicht«, erwiderte ich. »Den brauche ich noch, wenn ich keine Freunde mehr habe. Aber den Rest würde ich gerne zertrümmern.«

»Oha, so schlimm?« Opa schaute sogar von seinem Kreuzworträtsel auf.

Ich seufzte und versicherte mich, dass außer uns niemand im Haus war. In kurzen Worten klärte ich meinen Großvater über die dramatische Lage auf. Danach herrschte kurzes

Schweigen. Opa schrieb wieder Buchstaben in sein Kreuzworträtsel. Dann hätte ich mir das ja auch sparen können.

»Einzigartig mit neun Buchstaben. Vorne O, letzter L.«

»Opiginell?«, gab ich zurück.

»Du bist wirklich originell, Leolein!« Opa trug das Wort in sein Rätsel ein und tippte mir mit dem Stift auf die Nase.

»Wer so originell ist, sollte sich nicht so ärgern! Und könnte es sein, dass er einfach nett sein wollte mit der eigenen Popcorntüte?«

»Wie meinst du das?«

»Er wollte dir vielleicht zeigen, dass du ihm eine eigene Popcorntüte wert bist. Man kann die Dinge auch immer aus einer anderen Perspektive sehen. Positiv.«

Ich stieß einen undefinierbaren Laut aus. »Und deswegen hat er am Ende überhaupt nichts Nettes mehr gesagt? Kein, äh, keine Umarmung oder so?« Das Wort »Kuss« wagte ich in Anwesenheit meines Großvaters nicht über die Lippen zu bringen.

»Ich hätte Oma bei der ersten Verabredung auch nicht geküsst, wenn sie so ein Trara wie du veranstaltet hätte!«

»Hat sie nicht?«, hakte ich widerwillig nach.

»Nee. Sie war sehr selbstbewusst. Hat sich gedacht, entweder er will mich oder nicht. Und wenn nicht, ist er selber schuld. Und dann war sie den ganzen Abend einfach nur bezaubernd. Da war es um mich geschehen.«

Okay, bezaubernd war ich nicht gewesen. Eher entzaubernd. Ich Volltrottel hatte alles vermasselt.

»Zerbrich dir nicht dein hübsches Köpfchen. Dein dunkles Köpfchen«, fügte Opa noch feixend hinzu. »Wenn er dich wirklich mag, dann wird er so einen Ausbruch verzeihen und ihn unter ›atemberaubendes Temperament‹ verbuchen.«

»Wenn du mein atemberaubendes Temperament nicht gleich erleben möchtest, dann verschwindet dieses Päckchen hier in fünf Sekunden!« Mami war unauffällig in die Küche gekommen und fixierte den Stabmixer mit hasserfülltem Blick.

»Die Schneider-Frauen haben alle Feuer im Blut«, wisperte Opa ehrfürchtig, als er wie eine Gazelle aufstand und mit dem Paket im Keller verschwand.

Omi, war es dir wirklich egal, ob Opa dich gut fand oder nicht? Und wärst du nicht traurig gewesen, wenn er sich für eine andere entschieden hätte?
Das kann ich nicht glauben. Ich weiß gar nicht, wie ich das alles überleben soll. Dass Sascha nichts von mir will, nicht mal von meinem Popcorn. Und dass dann noch Fernanda im Spiel ist. Ich kann an nichts anderes mehr denken. Wenn ich ein Buch lese, denke ich an ihn. Beim Essen, bei allem. Ich kann gar nicht mehr am normalen Leben teilnehmen. Hoffentlich hast du nicht solche Probleme. Aber Opa hat ja gesagt, dass du so selbstbewusst warst.
Würde es dir was ausmachen, wenn wir in der Schule ein Foto von dir aufstellen? Auf einem

Altar. Beim **Día de los Muertos**? Das muss ich jetzt durchziehen. Vielleicht kannst du mir ein bisschen was von deinem Selbstbewusstsein abgeben.

Gracias, abuela

Deine Leo

25

Ins Lehrersprechzimmer wollte ich schon immer mal. Aber doch nicht so. Doch nicht gemeinsam mit meinen Eltern und Herrn Steinhagen. Das war doch die Höchststrafe. Mein Spanisch- und Geschichtslehrer hatte bei Mama und Papa angerufen und um ein Gespräch gebeten.

»Was will der denn von uns?«, fragte Papa mit gerunzelter Stirn, als wir uns mittags vor der Schule trafen.

Wie unangenehm! Papa hatte sich extra den halben Tag freinehmen müssen, um mit zu dem Termin zu kommen. Dabei hasste er es, wenn er sich mit was anderem beschäftigen musste als mit seinen Zahlen und Krawatten.

»Weiß ich auch nicht so genau«, antwortete ich. Dabei wusste ich ganz genau, was los war. In Spanisch war ich leistungsmäßig auf dem Weg in den Keller. Ich war gefallen wie eine Aktie an der Börse, die keiner mehr wollte.

Mit meinen Eltern im Schlepptau schlich ich durch die Gänge und hoffte nur, dass mich keiner sah.

»Leonore«, begann Herr Steinhagen das Gespräch. Alleine schon wegen der Tatsache, dass er mich bei meinem vollen

Namen nannte, hätte ich mich übergeben können. Gott, war mir übel. »In Spanisch warst du immer eine der Besten. Du bist auch jetzt nicht wirklich schlecht, aber ich mache mir Sorgen. Auch in anderen Fächern hast du nachgelassen, sagen deine Lehrer.«

Ach, schau an. Er machte also gemeinsame Sache mit den anderen Lehrern, ohne dass ich was davon geahnt hätte. Nicht nur, dass Sascha und Fernanda sich gegen mich verschworen hatten, jetzt auch noch die ganze Schule.

»Woran liegt es denn, Leonore?«, fragte Herr Steinhagen mit einer schleimig triefenden Stimme, die mich wahnsinnig nervte.

Ich zuckte nur mit den Achseln. Meinem spießigen Lehrer würde ich kaum den wahren Grund anvertrauen.

»Herr und Frau Schneider?«

»Ja, Leo hatte es ja auch nicht leicht«, ergriff Mami Partei für mich. Immerhin eine. »Meine Mutter ist vor Kurzem gestorben, das ist ihr sehr nahegegangen.« Ich fand, das ging den ollen Schweinhagen nichts an, aber meine Mutter meinte es ja nur gut.

»Ach so, aber da hat Fernanda die Thematik ja sensibel aufgegriffen mit dem *Tag der Toten.*«

Sensibel aufgegriffen? Dass ich nicht lachte! Unsensibel meinen Freund gegriffen, das würde es eher treffen. Das wollte ich Mama und Papa aber nicht erzählen, weil sie sonst entweder mit mir schimpften, dass ich so neidisch war, oder aber ein schlechtes Gewissen bekamen, weil sie die rassige Mexikanerin in unser Haus geholt hatten. Beides wollte ich jetzt nicht.

»Leonore, ich möchte einfach, dass du mit einem guten Zeugnis in die zehnte Klasse kommst, denn du willst doch Abitur machen.« Er sprach mit mir wie mit einer Fünfjährigen. »Könnte es sein … ähm«, er wandte sich meiner Mutter zu, »dass es etwas mit der, nun ja, also der Entwicklung, also der neuen Reife zu tun hat?«

Ich verdrehte die Augen und wurde knallrot. Wie abartig peinlich war dieses Gespräch bitte?

»Sie meinen die Pubertät?«, wollte Mami geradeheraus wissen.

Herr Steinhagen nickte nur betreten.

»Wär ja nicht schlimm!«, mischte Papa sich ein. »Eher ganz normal, oder?«

»Einerseits schon«, erwiderte Herr Steinhagen, jetzt wieder voll und ganz in seinem Metier, »andererseits sollte man rechtzeitig Alarmsignale senden. Und das tue ich.«

»Allerdings!«, flüsterte Papa und sah mich ratlos an.

»Ist das denn bei den anderen in der Klasse nicht so?«, hakte Mami nach.

»Nicht so extrem wie bei Leonore. Das sind leider Tatsachen!«

Papa beschloss, den konfusen Verbalknoten zu entwirren und Tacheles zu reden. »Was meinen Sie denn damit, dass sie nachgelassen hat? Bekommt sie eine Fünf?«

»Nein, um Gottes willen!« Herr Steinhagen hob die Arme gen Himmel. »Sie hatte immer eine gute Zwei, und jetzt ist sie auf eine Drei minus gerutscht.«

Papa blickte ungläubig von Herrn Steinhagen zu Mama und

mir. »Wegen einer Drei minus hocken wir hier? Wenn ich in allen Fächern ’ne Drei minus gehabt hätte, hätten meine Eltern vor Freude Handstandüberschlag gemacht!« Ich lachte in mich hinein. Schade, dass ich Papas Eltern nicht mehr kennengelernt hatte. »Ich kann mit einer Drei minus sehr gut leben, aber ich denke, dass Sie meine Tochter schon richtig einschätzen können. Und nur, weil der FC Bayern mal ein Spiel verliert, verspielt er nicht gleich die ganze Meisterschaft!«

Diese Ansage ließ Herrn Steinhagen noch ratloser zurück, als er eh schon war.

»Was mein Mann sagen will, ist, dass Sie ihr einen Ausrutscher sicher verzeihen.«

»Sicherlich«, echote mein Spanischlehrer und verabschiedete uns.

»Lasst uns schnell was essen gehen auf den Schock!«, sagte Papa, verfrachtete uns in sein Auto und steuerte auf die Elbe zu.

Kurz darauf saßen wir im O Frango, meinem portugiesischen Lieblingsrestaurant, und ich mümmelte glücklich das Grillhähnchen, eine Spezialität.

»Sag mal, hat der ’nen Stock im Hintern, der Steinhagen?«

Papa ließ sich seinen Wein und den gemischten Fischteller schmecken. Mama hatte sich Hühnchen Piri-Piri bestellt.

»Der Schweinhagen?«, fragte ich kauend. »Klar!«

»Wie nennt ihr den?« Papa musste schon wieder lachen, was wie ein Grunzen klang. Inzwischen schien er ganz froh, schon so früh aus dem Büro gekommen zu sein.

»Wir hatten mal einen Lehrer, der hieß Schulz, den haben wir immer Schnulz genannt.«

»Und wir eine Musiklehrerin«, fiel Mama ein, »die hieß Hörung, die haben wir immer Hörsturz genannt.« Bei der Erinnerung daran verschluckte Mami sich vor lauter Lachen an einem Schluck Mineralwasser.

»Warst du denn immer gut in der Schule?«, fragte ich meine Mutter.

»Na ja, in der Zehnten habe ich nur mit Ach und Krach die Versetzung geschafft«, erzählte sie seufzend.

»Wieso denn?«

»Ach«, sagte Mama und steckte sich eine der leckeren kleinen Kartoffeln in den Mund, »ich war wohl zu abgelenkt.«

Papa bestellte sich noch eine kleine Karaffe Wein und lehnte sich genüsslich im Stuhl zurück.

»Und wovon?«, wollte ich wissen.

»Eine Klasse über mir war ein Junge, den ich gut fand. Richtig gut! Der hat mich aber nicht beachtet. Als wenn ich Luft wäre. Das war bitter. Nachts konnte ich nicht schlafen, weil ich dachte, er wäre in Stefanie aus der 11c verknallt, in die waren alle verliebt. Oma hat mich dann immer getröstet und gesagt …«

»… du sollst dich nicht mit ihr vergleichen.«

»Richtig«, sagte Mama erstaunt. »Woher weißt du das?«

»Egal. Der Spruch kommt wohl nie aus der Mode«, antwortete ich.

»Na ja, meine Zensuren wurden schlechter, die Lehrerin hat geschimpft, ich würde mein Abitur nicht schaffen, und ich dachte, ich wäre ein Nichts. Der Junge beachtete mich immer noch nicht. Ich fühlte mich klein, zu jung und nutzlos.«

»Und?«, hakte ich nach. »Wie ist die Geschichte ausgegangen?«

»Ich hab mein Abitur doch noch geschafft«, erzählte Mama stolz. »Keine super Note. Aber ich hab's gepackt. Für das, was ich studieren wollte, brauchte ich auch keinen megaguten Numerus clausus.«

Der Kellner kam und räumte unsere leeren Teller ab. Mein Magen war zwar proppevoll, trotzdem stopfte ich mir noch eine Scheibe von dem leckeren, selbst gebackenen Brot rein.

»Noch Nachtisch?«, fragte er.

»Ja!«, kam es von mir wie aus der Pistole geschossen. »Einen Flan!« Da wir hier nicht allzu oft waren, konnte ich mir unmöglich den Flan, eine Art Vanillepudding mit Karamellsoße, entgehen lassen.

Mama bestellte noch einen Cappuccino, Papa nahm nichts Süßes. »Also, wenn du mit Fernanda eine gute Leistung beim Tag der offenen Tür ablieferst, dann wird der Schweinhagen schon sehen, was du draufhast«, meinte Mama lächelnd.

»Sag mal, und dieser Junge, hast du irgendwann noch mal mit ihm gesprochen?« Die Geschichte beschäftigte mich.

Mama nickte langsam.

»Also war er dann mit dieser Stefanie zusammen?«

»Er hat behauptet, dass er nie mit ihr zusammen war und sie auch nicht wirklich gut fand.«

Papa nahm noch einen Schluck Wein, während ich gierig meinen Flan löffelte.

»Und wart ihr dann zusammen?« So persönlich hatte ich mich noch nie mit meiner Mutter unterhalten. Und wir hatten noch nie über ihre Zeit vor Papa gesprochen. Das interessierte mich jetzt wirklich. Dass Mama womöglich ähnliche Probleme gehabt hatte wie ich.

»Ja, wir sind dann zusammengekommen!«

»Ach, echt? Das ist ja schön. Wie hast du ihn denn auf dich aufmerksam gemacht?«

Mama rührte elendig lange in ihrem Kaffee herum. »Ich habe mich zur Klassensprecherin wählen lassen, und da saß ich mit ihm auf den Stufenbesprechungen zusammen.«

»Geschickt!«, warf Papa ein.

»War er auch Klassensprecher? So ein Streber?«, fragte ich.

Papa lachte. Mama auch. »Nee, er war nicht so toll in der Schule, aber beliebt!«

»Ach so. Und hast du noch Kontakt zu ihm? Über Facebook, oder so?«

Mama schüttelte den Kopf. »Nein, keinen Kontakt mehr über Facebook.«

Schade, dachte ich. Na ja, nicht jede Jugendliebe hielt ewig. Obwohl ich mir schon vorstellen könnte, mit Sascha bis zum Lebensende zusammenzubleiben. Oder zumindest bis zu den nächsten Sommerferien.

»Über Facebook nicht«, griff Mama meine Bemerkung noch mal auf. »Muss ich auch nicht. Schließlich sehe ich ihn jeden Tag.« Mama schielte zu Papa rüber, der breit grinste.

»Neeeeein!«, rief ich so laut, dass die Leute an den Nachbartischen zu uns herübersahen.

»Du hast Mama zuerst nicht beachtet?«

»Nun ja, sie war eine unter mir. Dabei fand ich sie schon immer ganz toll.«

»Hmmm, klar!«, erwiderte Mama und gab ihm einen kleinen Klaps. »Das ist ein totaler Widerspruch, erzähl keinen Quatsch.«

»Na ja, danach hat's aber *Peng* gemacht. Es lohnt sich also immer, an einer Sache dranzubleiben, die einem am Herzen liegt«, meinte Papa an mich gerichtet.

War das eine weinselige Botschaft an mich? No idea! Jedenfalls war das hier mit meinen Eltern absolut »mein Essen«, genauso wie Sascha mein Geschmack war!

Als wir wieder draußen waren und zum Auto gingen, fragte ich Papa leise, ohne dass Mama es hören konnte, ob er wirklich nichts mit Stefanie aus der 11c gehabt hatte. »Hör bloß auf damit«, erwiderte er und grinste mich spitzbübisch an.

26

Lass dir bloß nichts anmerken, schärfte ich mir wieder und wieder ein. Der Tag der offenen Tür stand vor selbiger, und ich musste das durchziehen. Mit Fernanda. Gemeinsam formten wir in der Küche kleine Totenköpfe aus Zuckerguss. Fernanda zeigte mir, wie man sie verzieren konnte. Auch Opa hatte seine Hände in eine Schüssel mit Wasser, Kleister und Zeitungspapier getaucht und bastelte fleißig Totenköpfe aus Pappmaschee. Erst war es mir unangenehm gewesen, weil ich ihn nicht mit dem Thema Tod konfrontieren wollte. Doch es schien ihn nicht zu stören.

»Was macht ihr denn noch? Ich komme übrigens mit zu diesem Fest an eurer Schule.«

Erstaunt sah ich meinen Opa an. Ich wäre nicht weniger überrascht gewesen, wenn er verkündet hätte, dass er die Niagarafälle durchtauchen wolle. Denn bewegt hatte er sich in letzter Zeit kaum – höchstens mal den Kugelschreiber in seiner Hand.

»Gut. Das ist gut«, sagte ich nur und hoffte, er würde seine Meinung nicht wieder ändern.

Während ich mit den Totenköpfen beschäftigt war, backte Fernanda *Pan de Muertos*, ein spezielles Brot für den Tag der Toten.

»So, hier die Decke!« Fernanda holte die bunte Mexikodecke aus unserer Tasche. Man hätte meinen können, wir würden auf eine monatelange Exkursion aufbrechen, so viel Kram hatten wir zur Schule geschleppt.

Gewissenhaft breitete ich die Decke auf dem Tisch aus. Gelb, blau, rot, lila, grün. Die Farben knallten und verwandelten unser Klassenzimmer in ein fremdes Land.

»Überall kannst du hinlegen die Sachen«, erklärte Fernanda.

Wir verteilten das Brot, die Totenköpfe und Ketten auf dem Klassenaltar. Dazu legte Fernanda ein paar Burritos und ich einen zusammengerollten Pfannkuchen.

»Sehr gut. Die Toten bekommen immer ihr Essen, Liebling.«

»Ihr Lieblingsessen«, korrigierte ich sanft.

»Richtig. Hab doch gesagt.«

Zu guter Letzt holten wir die Fotos unserer Omis aus der Tasche. Lange blickte ich die Augen meiner Großmutter an. Sie hatte so schöne blaue Augen gehabt.

»Du hast Augen wie sie«, sagte Fernanda anerkennend und stellte das Bild ihrer dunkelhaarigen Großmutter auf den Altar.

»Ihr seht euch auch ähnlich«, sagte ich.

»Na ja, sie mochte nie ihre Haare.«

»Tatsächlich nicht?«, fragte ich erstaunt mit Blick auf die seidigen Haare.

»Wie hieß sie denn?«

»Conchita«, antwortete Fernanda und nahm mich spontan in den Arm.

Erst erschrak ich und machte mich steif. Dann jedoch gefiel es mir ganz gut, und ich blieb gemeinsam mit meiner »Freundin-Feindin« vor unserem geschmückten Altar stehen. Es fühlte sich sogar so an, als würde sie mich ernsthaft mögen.

»Bin so glücklich, dass wir getroffen haben«, erklärte Fernanda bedeutungsschwanger.

Nun ja, da war ich mir nicht ganz so sicher. Auch wenn ich den Moment gerade sehr genoss.

»Fantástico!«, sagte Herr Steinhagen, als er unseren Altar entdeckte. »Das habt ihr toll gemacht!« Er klopfte mir auf die Schulter. »Darf man das probieren?« Er zeigte auf das *Pan de Muertos*.

»*No, aún no!*«, wies Fernanda ihn lachend zurecht.

In unserem Klassenraum gab es noch weitere Stände. Im Flur wurden Crêpes gebrutzelt, und auf dem Schulhof hatte der Französischkurs tatsächlich eine Boulebahn aufgebaut.

Fernanda streute ein paar gelbe Blumen vor dem Altar aus. »Was machst du da?«, wollte ich wissen. Die Spur führte bis zur Klassentür.

»Das man macht für die Toten. Damit sie finden den Weg.«

»Du meinst, immer den Blumen nach?«, fragte ich. »Ja, genau. Und die gelben man sieht am besten.«

Es sah wirklich schön aus. Auf unserem Altar lag auch noch ein Fotoalbum mit Bildern vom *Día de los Muertos* in Veracruz. Darauf waren etliche in Schwarz gekleidete Menschen zu sehen, deren Gesichter wie Totenköpfe geschminkt waren und die in einer irren, riesigen Masse ausgelassen den Tag feierten.

»Komm mit.« Fernanda zog mich hinter sich her zur Toilette. Dort beförderte sie zwei Kostüme hervor und Schminke. Mit geschickten Fingergriffen malte sie mir eine Fratze ins Gesicht und schminkte sich dann selbst ganz weiß. Die Augen umrandete sie schwarz in Form einer Blume. Ein wenig Rot kam auch noch dazu. Um den Mund zog sie noch ein paar schwarze Striche. Wir sahen richtig Furcht einflößend aus, aber trotzdem auch fröhlich.

»Hast du den James-Bond-Film ›Spectre‹ gesehen?«, fragte ich.

Fernanda nickte. »Ja, das war am Anfang der *Día de los Muertos*. Tolle Kostüme, *verdad*?«

Und wie! Ich schlüpfte in ein schwarzes Kleid und klemmte mir eine rote Blume hinters Ohr. Fernanda setzte sich noch einen schwarzen Zylinder auf.

»Wo hast du das alles her?« Ich konnte mir kaum vorstellen, dass sie all die Kostüme aus Mexiko mitgebracht hatte.

»Hab ich gesorgt«, sagte sie geheimnisvoll. Ich wollte sie nicht drauf hinweisen, dass es »besorgt« hieß. Wir gingen zurück in den Klassenraum, wo schon jede Menge Trubel herrschte.

»Haben Sie vielleicht meine Enkelin Leonie Schneider gesehen?«, fragte mich ein älterer Herr, der sich suchend umblickte. »Ich habe ihr mit den Totenköpfen geholfen«, fügte er stolz hinzu.

»Mann, Opa, erkennst du mich nicht?«

»Huaaahhhh«, rief Opa theatralisch, und ich wusste nicht genau, ob er mich tatsächlich nicht erkannt hatte oder mir damit einfach nur sagen wollte, wie unheimlich gut mein Kostüm gelungen war. So wie früher, als ich ganz klein war und mir beim Versteckspielen einfach die Augen zugehalten hatte. Mama, Papa, Oma und Opa hatten dann immer so getan, als wenn sie keine Ahnung hätten, wo ich steckte. »Wo ist sie denn, die Leolaus?«, hatten sie scheinheilig gefragt, und ich hatte mir einen Ast abgefreut, bis Lars irgendwann genervt gesagt hatte: »Da ist sie doch!«

»Na, ihr seht vielleicht aus!«, meinte Opa und musterte Fernanda und mich. Er stieß einen anerkennenden Pfiff aus.

»Opa, nicht dass du dich erschreckst, da ist das Foto von Oma. Ich wollte nicht, dass …«

»Weiß ich doch. Alles okay.« Opa war wie ausgewechselt, er genoss die Atmosphäre.

»Das ist ein sehr schönes Foto von deiner Oma. Meiner Frau …«, fügte er noch leise hinzu, und ich ließ ihn einen Moment alleine vor dem Altar innehalten.

In meiner Euphorie vergaß ich, dass Fernanda ja eigentlich meine Konkurrentin war. »Wo steckt denn eigentlich Sascha?«, posaunte ich raus, bevor ich richtig nachgedacht hatte. Ich hätte mir auf die Zunge beißen können. Bestimmt würde Fernanda mich auslachen und fragen, ob ich immer noch nicht gepeilt hatte, was Phase war. Okay, sie würde es wegen der Sprachprobleme nicht so krass formulieren.

»Er hat doch gleich den großen Auftritt«, sagte Fernanda.

»Was für einen Auftritt?« Bekam ich überhaupt nichts mehr mit? Was konnte sie meinen?

»Mit der Mariachi-Band. Hab ihm geholfen mit spanische Text und mit Musik.«

Ich hörte Fernandas Worte, konnte sie aber nicht so recht einordnen. Sprach sie von dem Treffen neulich, als ich die beiden beschattet hatte und voller Frust mitansehen musste, wie die beiden zusammen in einem mir unbekannten Haus verschwunden waren? »Wie? Wann denn das?«

»Weißt du doch. Du hast geschrieben SMS, ob er hat Zeit. Er konnte nicht wegen Musik. War ganz schön *triste*, traurig, Sascha.«

27

Ihre Worte drangen allmählich auch in meine hintersten Gehirnwindungen vor. Hatte ich die beiden etwa zu Unrecht verdächtigt?

»Meinst du das ernst?«

»Ja, natürlich, was denkst du?«

In weiser Voraussicht beschloss ich, ihr nicht entgegenzupfeffern, was ich wirklich dachte. Zur Abwechslung versuchte ich es mal auf die sanfte Tour. »Habt ihr euch denn noch öfter getroffen?« Ich versuchte, so neutral wie möglich zu klingen.

Fernanda durchschaute mich und lachte ihr glockenhelles Lachen. »No, Leo, no. Ich hab nur geholfen. Er ist wirklich nicht mein Essen, oder wie sagt man?«

»Nicht dein Geschmack?«

»Genau. Weil ein anderer *chico* mein Gesmack is!« Den Satz schoss mir Fernanda frontal entgegen. Eine Finte? Ich hatte keine Zeit, näher darüber nachzudenken, mit wem aus meiner Klasse Fernanda sonst zusammen sein könnte, weil neben mir ein lauter Schrei ertönte.

»Anton, das gibt's ja gar nicht!«

»Reinhard. Bist du das? Reinhard?« Mein Opa klopfte einem fremden Mann auf die Schulter, den ich noch nie zuvor gesehen hatte.

»Der gute alte Anton! Wie lange ist das her?«

Mein Opa grübelte und rechnete im Kopf nach. »Na ja, seit Schulende so 66 Jährchen? Ein Klacks.«

»Ja, das kommt hin. Wie geht's dir? Was ist aus dir geworden? Du hast dich gar nicht verändert.«

Beide Männer grölten los, weil die Jahre dann doch ein paar Spuren hinterlassen hatten.

»Genauso wenig wie du«, sagte Opa lachend und wurde dann ernst.

»Ich war sehr lange verheiratet, habe gerade meine Emmi verloren.«

»Oh, das tut mir leid«, meinte Reinhard. »Meine Frau Hilde ist vor fünf Jahren gestorben.«

Opa winkte mich zu sich heran. »Das ist meine Enkelin Leo. Leo, das ist Reinhard Rathjen. Wir sind zusammen zur Schule gegangen.« Höflich gab ich ihm die Hand.

»Sehr erfreut. Ich kann mich nicht daran erinnern, schon einmal einem Geist die Hand geschüttelt zu haben.«

Wir lachten alle. Die Schminke und Verkleidung hatte ich komplett vergessen.

»Mein Enkel heißt Thore, er müsste hier auch irgendwo herumturnen.«

Ich nickte und erzählte, dass Thore in meine Klasse ging.

»Das gibt es doch gar nicht. 66 Jahre nicht gesehen, und dabei sind wir uns so nah gewesen.«

»Erinnerst du dich noch an die Klassenreise an die Ostsee? Das war ’n Ding, was?« Opa wieherte wie ein Pferd und verpasste seinem Schulfreund einen gewaltigen Klaps auf den Schenkel. Lachend verkrümelten sich die beiden in die Kaffee-Ecke und tauschten freudig Jugenderinnerungen aus.

Mama tauchte neben mir auf. »Wer ist denn das?«, wollte sie wissen und deutete in Richtung Opa mit dem Kopf.

»Reinhard Rathjen!«, klärte ich sie auf.

Mama sagte der Name nichts.

»Die beiden sind zusammen zur Schule gegangen. Vor 66 Jahren haben sie sich zum letzten Mal gesehen«, gab ich die Geschichte kurz und knapp wieder, während ich nach Sascha Ausschau hielt.

»Das ist ja prima!« Meine Mutter freute sich genauso wie ich, dass die beiden so viel Spaß hatten. Bis zu uns konnte man das sonore Gelächter der beiden Großväter hören.

Die rührende Story hatte mich von meiner eigentlichen Mission abgelenkt. Was hatte Fernanda als Letztes gesagt?

»Du stehst gar nicht auf ihn?« Ich wollte es ganz genau wissen.

»Nein, weil er und du passen. *Gran amor*. Große Liebe«, sagte sie und formte mit ihren beiden Händen ein Herz.

»Sascha und ich ist nur Freunde. Wegen Musik und Nachhilfe.«

Sie sagte es so offenherzig, dass ich ihr am liebsten glauben wollte. Vielleicht brauchte ich mal ein bisschen Nachhilfe in Sachen Vertrauen.

Wie auch immer. Selbst wenn es stimmte, war da leider

noch der fatale Kinoabend gewesen. Meinen Drama-Queen-Auftritt dort würde er mir sicherlich nicht verzeihen. Für Sascha spielte die Musik inzwischen woanders.

»Du glaubst nicht, was mir passiert ist!« Plötzlich stand Kati neben mir und kicherte mir ins rechte Ohr. Ich konnte sie nur schwer verstehen, weil sie so aufgekratzt war.

»Ich war beim Boulefeld und hab das mal versucht.« Wieder gackerte sie völlig unkontrolliert los.

So kannte ich sie gar nicht. Kati war doch immer die Ausgeglichene von uns beiden, sprich die, die meine hysterischen Anfälle zügelte.

»Und was war da?« Sie kam mir vor wie ein aufgeputschter Kreisel, der sich immer schneller und wilder drehte.

»Da war dieser Typ, weißt du noch, den wir mal neulich bei dieser einen Party gesehen haben, den ich so süß fand, weil der so nett geguckt hat, und der auch zu mir geguckt hat, und ich dachte, oh Gott, er hat zu mir geguckt, und dann hab ich zu dir gesagt, du sollst mal unauffällig zu ihm gucken, du weißt schon, der aus der anderen Schule, eine Klasse über uns, dessen Schwester eine unter uns ist.«

Ich hatte keinen blassen Schimmer, von wem sie sprach, ließ mir aber nichts anmerken. »Das ist ja super. Und was war nun?«

»Ach so.« Kati bekam einen Lachflash.

Gab es möglicherweise doch einen geheimen Sangria- oder Pastis-Stand?

»Ich hab diese Kugel so schlecht geworfen, voll Fail. Viel zu weit nach links. Ihm vor die Füße. Hahaha.«

»Aha. Gut, dass du sie ihm nicht AUF die Füße geworfen hast!«

»Hat er auch gesagt! Na ja, auf jeden Fall hat er sie aufgehoben und ist zu mir gekommen.«

»Und was hast du dann gesagt?« Gespannt lauschte ich der Geschichte und hoffte, dass Kati nicht mitbekam, wie ich mit einem Auge die Gegend scannte. Wo steckte Sascha bloß?

»Dass das Absicht von mir und genau bemessen war.« Kati prustete los.

»Und er?«

»›Ah, eine Profi-Boulespielerin‹, hat er gesagt. Und dass er sich das gleich gedacht hat, weil ich so elegant ausgeholt hätte.« Jetzt quietschte sie beängstigend laut.

So richtig im Griff hatte sich meine beste Freundin nicht. Ich musste auch kichern, weil ich ihr die Nummer echt gönnte. Kati hatte auch noch keinen Freund gehabt, und so begeistert hatte sie schon lange nicht mehr geklungen.

»Elegant! Dass ich nicht lache! Und dann hat er mich gefragt, ob ich ihm Nachhilfe im Boulespielen geben könnte! Dafür würde er mich auch auf ein Eis einladen oder so.«

Das klang vielversprechend. Bis auf die kleine Tatsache, dass Kati mit Boulekugeln ungefähr so gut umgehen konnte wie Elefanten mit Nähnadeln.

»Ich hab ihn dann gefragt, ob wir erst mal auch nur Eis essen gehen könnten. Ich wäre so satt vom Boulespielen, weil ich so viel für die nächste Weltmeisterschaft trainiert hätte … Hihi!« Kati war wieder im Kichermodus. »Er meinte, das wäre okay. Bei ihm wäre das ganz ähnlich mit dem Synchronschwimmen. Das würde ihm auch zum Hals raushängen. Ein bisschen gemeinsames Chillen wäre da nicht schlecht.«

»Hat er echt Synchronschwimmen gesagt?« Kati nickte eifrig mit ihrem knallroten Kopf. »Das ist lustig. Wann trefft ihr euch denn?«

»Morgen um fünf. Bei *Eis Jacobs*. Da gibt es einen Becher für Verliebte. Vielleicht nehmen wir den.«

»Das wäre ja cool. Wo ist er denn jetzt?«

»Er guckt sich irgendeine Aufführung seiner Schwester an. Ach, Leo, das fühlt sich so gut an. Ich habe das Gefühl, ich würde ihn schon ewig kennen und alles über ihn wissen.«

»Seelenverwandt?«, fragte ich meine sonst so pragmatische Freundin und hoffte, dass Kati recht behielt.

»Ja, absolut. So ist es!«

»Wie heißt er denn eigentlich?« Kati blickte mich überrascht an, gackerte dann noch mehr und rannte los. »Hab ich vergessen zu fragen!«, hörte ich sie noch atemlos rufen.

28

»**Presentaaaaamooooos** *los Samapas!*«

Plötzlich stand eine ganze Gruppe Jungs und Männer im Raum. Sie trugen alle breitkrempige, verzierte Sombreros, enge, bestickte Hosen mit Silberbeschlägen, dazu eine Art Weste und spitze Cowboystiefel.

»Heißt Anzug des *charro* in Mexiko«, erklärte mir Fernanda aufgeregt. Sie pfiff auf beiden Fingern, und die Gruppe verbeugte sich.

Wer waren denn die vier Männer? Die *Samapas* bestanden doch eigentlich nur aus Paul, Max und Sascha. Wo war er überhaupt? Ach ja, da, der mit der Gitarre unter dem Arm. Konnte Sascha Gitarre spielen? Wenn ja, dann hatte er es mir noch nie erzählt. Vielleicht hatte ich ihm aber auch noch nicht die Chance dazu gegeben. Max hielt eine Trompete in der Hand, die Instrumente der anderen hatte ich noch nie gesehen.

»*Son Vihuelas, Guitarrones, Maracas* und *Harfen.*«

Es gab mir einen kleinen Stich, dass Fernanda alle Instrumente kannte. Sie war und blieb eine Traumfrau, und ich konnte mir nur schwer vorstellen, dass irgendein Junge ihr widerstehen konnte.

»Wer sind denn die ganzen Leute?«, rief ich über den tosenden Applaus der Eltern, Lehrer und Schüler hinweg.

»Hab doch gesagt. Ist eine Mariachi-Band. Wohnt in Hamburg. Sind aus Mexiko. Haben geübt mit der Band, Esaska, Max und Paul.«

Sie sagte immer noch Esaska zu Sascha. Es klang so fremd, aber auch niedlich und rührend. Welcher Junge würde nicht dahinschmelzen, wenn ein mexikanisches, heißblütiges Mädchen ihn Esaska nannte?

»Ich wünschte, ich könnte auch noch mal zur Schule gehen, Leolein, hier gibt's ja nur Überraschungen.« Opa Anton stupste mich von hinten an.

»Bloß nicht wieder zur Schule«, mischte sich Reinhard Rathjen lachend ein. »Dann hätten wir keine Zeit mehr für unsere Pläne.«

»Was für Pläne?«, wollte ich wissen.

»Überraaaschung«, sagte Opa geheimnisvoll und verschwand mit Reinhard Rathjen im Gewühl.

»Wo ist Opa hin?«, erkundigte sich nun meine Mutter.

»Weg«, murmelte ich und warf ihr einen leicht genervten Blick zu. Schließlich wollte ich mich auf Sascha und die Band konzentrieren. Das waren die wichtigsten Minuten meines Lebens, in denen ich zwischen Hoffen, Freuen, Bangen, Lieben und Zittern hin und her switchte. Wer wollte da schon mit seiner Mutter über den Großvater sprechen? »Die haben irgendwas Großes vor.«

»Was meinst du damit?« Mami sah auf einmal besorgt aus, so als befürchte sie, ihr Vater und dessen neuer, alter Freund könnten heimlich auf dem Schulhof rauchen oder auf der Reeperbahn Drogen verticken.

»Keine Ahnung, frag ihn selbst.«

»Er ist ja weg.«

»Dann lass ihn eben ausrufen. Unten beim Hausmeister«, schlug ich vor, nur um sie loszuwerden.

Die Jubelrufe waren etwas leiser geworden, sodass die Band auf der Bühne jetzt loslegen konnte. Ich konnte meine Augen nicht von Sascha wenden. Mit seinem Sombrero und der Gitarre sah er so cool und verwegen aus.

Aber ich musste realistisch bleiben. Selbst wenn Fernanda mir gerade verkasematuckelt hatte, dass ihr angeblich ein anderer Junge gefiel und Sascha nicht ihr Fall war, war immer noch unklar, wer Saschas Fall war. Man probte doch nicht extra mit einer mexikanischen Band, um ein Hamburger Mädchen mit straßenköterblonden, nein, schokoladenbraunen Haaren herumzukriegen, sondern um eine rassige Latina zu beeindrucken, die aus eben jenem Land kam, um das sich hier alles drehte.

»*Mariachi* bedeutet ›Musikgruppe‹ auf Mexikanisch. Ursprünglich kommen die Mariachis aus dem Bundesstaat Jalisco«, begann Max mit der Einleitung. »Am Anfang hatten sie nix Besonderes an, sondern einfach nur die Kleidung, die Bauern so trugen. Dann kam diese typische Mariachi-Tracht. Tadahhhh!« Paul trat einen Schritt vor und drehte sich in seiner Tracht einmal um sich selbst.

»Wir haben uns ein bisschen Unterstützung geholt von einer echten Mariachi-Band. *Hola amigos*«, fuhr Max fort, und Sascha zeigte auf die Mexikaner.

Frenetischer Jubel. Auch ich applaudierte wie wild und trampelte mit den Füßen. Mein Herz schlug so laut, dass ich fast fürchtete, die Instrumente auf der Bühne zu übertönen.

»Wir spielen zwei Lieder für euch. Zuerst ›La Bamba‹, ein mexikanisches Volkslied, das kennt ihr, das haben auch schon andere gesungen. Und dann noch ein Lied«, verkündete Sascha und lächelte total süß.

Die ersten Takte von »La Bamba« erklangen, und sofort wippten unsere Eltern begeistert mit den Füßen im Takt, und selbst unsere Bewegungs-Legastheniker-Lehrerin Frau Harms fing an, im Takt zu grooven. Alle, die sie in Kunst hatten, begannen zu prusten.

»*Para bailar la Bamba, para bailar la bamba, se necesita una poca de gracia, una poca de gracia y otra cosita.*«

Während Fernanda sich Herrn Steinhagen schnappte und mit ihm einen fetzigen Tanz aufs Parkett legte, übersetzte ich im Kopf: *Wer La Bamba tanzen will, braucht ein wenig Anmut und andere Sachen.* Bei Anmut musste ich an Katis Boulewurf denken und loslachen.

»*Ay arriba, arriba, arriba, arriba, iré.*«

Bei diesen Worten trat Sascha nach vorn und sang »*arriba, arriba*«.

Ich traute meinen Ohren kaum, so gekonnt bekam er das rrrrrrollende *arriba*-R über die Lippen.

Als der Song zu Ende war, flippten alle komplett aus. Inzwischen schien sich die halbe Schule in unserem Klassenzimmer versammelt zu haben. Sogar im Flur drängten sich schon die Besucher, weil in der Klasse kein Platz mehr war. Und an den Fensterscheiben drückten sich etliche Schüler die Nasen platt. Mir war extrem heiß. Wegen der Menschenmassen und wegen Sascha. Er moderierte auch den nächsten Song an.

»Also, das eben war ein Stimmungsmacher. Gar nicht so leicht für Max, Paul und mich. Wir mussten viel üben. Vor allem das R von ›*Arriba*‹, das rollt man nämlich im Spanischen. Versuchen Sie das mal.«

Prompt schallte ein lautes »Arriba« durch den Raum. Die einen bekamen es besser hin, die anderen eher so … na ja. Mann, war ich stolz auf Sascha, wie er das Publikum animierte. Er sagte was, und alle machten es. Mir war gar nicht klar, dass er so ein guter Aufpeitscher war.

Genau wie Fernanda, die mit ihren Tanzschritten eben alle Blicke auf sich gezogen hatte. Kein Wunder, dass die beiden sich so gut verstanden.

»So ein rollendes R muss man ganz schön lange üben. Und wissen Sie, wer mir das beigebracht hat?«, fragte Sascha in den Klassenraum hinein.

Am liebsten wäre ich auf der Stelle in Tränen ausgebrochen. Das, fand ich, musste er mir nicht antun. In aller Öffentlichkeit Fernanda für ihre Nachhilfe loben. Sicher hatte sie ihm Spanisch beigebracht und den Kontakt zur Mariachi-Band hergestellt, und vielleicht hatte sie auch noch viel mehr für ihn getan, von dem ich wirklich nichts wissen wollte. Aber das konnte er ihr ja auch in einem Gespräch unter vier

Augen mitteilen. Ich warf Fernanda einen Seitenblick zu. Immer noch ganz außer Puste, stand sie neben mir und strahlte mich an. Na, die hatte Nerven.

29

Stark sein. Mehr konnte ich jetzt nicht tun. Ich musste der Wahrheit ins Auge sehen.

Sascha räusperte sich. »Das rollende R hat mir jemand ganz Besonderes beigebracht.« Ich hielt den Atem an. Konnte es noch schlimmer kommen? »Jemand, der eine Engelsgeduld mit mir hatte. Meine Klassenkameradin Leo.«

Hatte er eben »meine Klassenkameradin Fernanda« gesagt? Nein, er hatte einen anderen Namen genannt, den ich schon mal irgendwo gehört hatte.

»Stundenlang hat sie mit mir geübt. Sagen Sie mal *ferrocarril*. Das heißt *Eisenbahn* auf Spanisch.«

Auf Kommando versuchten sich alle an dem Wort *ferrocarril*.

Mir fiel ein Nachmittag in unserer Küche ein, an dem ich Sascha in die Welt von *perro* und *ferro* eingeführt hatte. Und hier und jetzt lobte er nicht Fernanda, der das R quasi in die Wiege gelegt worden war, sondern mich!

»Leo kann fast so gut Spanisch wie Fernanda, unsere mexikanische Austauschschülerin. Sie hat auch ein ähnlich südländisches Temperament.«

Alle Köpfe flogen zu mir herum, woraufhin ich *roja* wie eine Tomate wurde. *Roja* mit rollendem R, versteht sich.

»Jedenfalls gibt es jetzt noch ein Mariachi-Lied«, grätschte Max dazwischen und trötete einmal in seine Trompete, was alle wieder zum Lachen brachte. Es klang wie ein rostiges Heizungsrohr.

»Genau«, nahm Sascha den Faden auf. »Ein ganz typisches Lied. Es heißt *Cielito lindo*. Ist ganz berühmt, so eine Art mexikanische Nationalhymne. Und in einer Strophe heißt es da *Canta y no llores.*«

»›Singe und weine nicht‹ bedeutet das übersetzt«, spielte Paul den Schlaumeier.

Herr Steinhagen nickte begeistert und reckte den Daumen hoch. Fehlte nur noch, dass er in seiner Ausgelassenheit das Peace-Zeichen machte.

»›Singe und weine nicht.‹ Das ist für Sie alle. Aber insbesondere für Leo. Weil sie was Trauriges erlebt hat vor kurzer Zeit.«

Meinte Sascha den Tod meiner Omi? War er wirklich so sensibel, dass er gemerkt hatte, wie mich das aus der Bahn geworfen hatte?

»Und ich hoffe, dass sie nicht mehr so viel weinen muss. Also, *vamos!*«, rief Sascha, und sofort setzten die Gitarren und Trompeten ein, von den echten Mariachis, die es echt draufhatten.

»*Ay, ay, ay, ay. Canta y no llores. Porque cantando se alegran, cielito lindo, los corazones.*«

Sie spielten das nur für mich, und ich begann zu strahlen. Während des gesamten Songs hatte ich ein Honigkuchenpferd im Gesicht. Glücklich zwinkerte ich Sascha zu, und er zwinkerte zurück.

Als der lautstarke Abschlussapplaus am Ende des Liedes einsetzte, drehte ich mich zu Fernanda um. Ich wollte sie fragen, ob *cielito lindo*, also »schönes Himmelchen«, nicht im Grunde so etwas wie »mein lieber Schatz« bedeutete? Die Mexikaner verniedlichten häufig Wörter. Da wurde aus *cielo*, also Himmel, ganz schnell ein *cielito*.

Doch Fernanda war nicht mehr allein. Von hinten hatten sich zwei Arme um sie geschmiegt. Zwei Arme, die mir bekannt vorkamen. Diese Arme hatten sich auch schon einmal von hinten um mich gelegt. Allerdings nicht besonders zärtlich, sondern ziemlich grob, um mich im Schwimmbad unterzutauchen. Die Arme hatten mit mir Armdrücken gemacht und meistens gewonnen. Sie hatten sich mit mir gekloppt, bis wir Stubenarrest bekamen. Die Arme gehörten Lars. Meinem Bruder Lars! Und sie lagen auf den Schultern unserer mexikanischen Austauschschülerin. Wäre ich nicht eh schon ein Gespenst gewesen, wäre ich vor Entsetzen kalkweiß geworden.

»Spinnst du?«, brüllte ich meinen Bruder an. Er verstand nur die direkte, klare Ansprache.

Fernanda beugte sich lächelnd zu mir. »Ich bin keine Spinne. Lars auch nicht.«

»Aha!« Ich atmete tief durch. »Ihr seid also keine Spinne?«

Lars verdrehte die Augen. »Nein, wir spinnen nicht. Wir sind seit zwei Wochen zusammen, Leo.«

»Ach was«, sagte ich. »Das habe ich gar nicht gemerkt.«

»Wie auch?«, meinte mein Bruder. »Du warst ja auf einer komplett anderen Spur unterwegs.«

»Warum hast du denn nichts gesagt?«

»Seit wann erzähl ich meiner Schwester, in wen ich mich verliebt habe?«

Auch wieder wahr. Würde ich auch nicht machen.

»Na ja, immerhin haben wir ein gemeinsames Zimmer«, erwiderte ich.

»Was ich gerne mal wieder für mich alleine hätte, um Damenbesuch zu empfangen«, merkte Lars an, und Fernanda lächelte verlegen.

»Das musst du Opa sagen«, antwortete ich schulterzuckend.

»Wo ist der überhaupt?«, fragte Lars, der sich sonst nie dafür interessierte, wo sich eins seiner Familienmitglieder aufhielt.

»Mit einem alten Freund durchgebrannt«, gab ich zurück. Während ich Lars erklärte, was es mit Reinhard Rathjen auf sich hatte, tippte mir von hinten jemand auf die Schulter. Grinsend zwinkerte mir Fernanda zu und zog Lars ein paar Meter weiter. Ich drehte mich um und blickte einem Mariachi in die Augen.

»Na, du kleines Gespenst, wie fandest du die Show?«

»Toll. Echt super. Es war aber so laut. Irgendwie muss ich mich verhört haben. Ich meine, dass jemand meinen Namen gesagt hätte. Kann doch eigentlich nicht sein, oder?«

»Pfff, keine Ahnung, so schlecht sind deine Ohren doch eigentlich nicht, oder?«

Er lächelte mich an und nahm den Sombrero ab. »Mann, ist das heiß unter dem Ding.«

»Mir ist auch heiß!«, stimmte ich ihm zu. »Also, auch ohne Sombrero.«

»So, so«, sagte Sascha und blickte mir tief in die Augen, sodass mir gleich noch heißer wurde.

Plötzlich ertönte die Stimme unseres Hausmeisters durch die Lautsprecheranlage: »Gesucht wird der kleine Anton. Anton Rohbach. Bekleidet mit einem blauen Pullover. Zuletzt gesehen wurde er im Klassenzimmer der 9b. Seine Mutter wartet im Hausmeisterzimmer auf ihn. Anton ist drei Jahre alt.« Man vernahm einen kurzen Zwischenruf, ein Kratzen auf dem Mikrofon, ein Flüstern, dann war wieder unser Hausmeister zu hören. »Ich korrigiere. Anton ist 83 Jahre alt. Seine, äh, Tochter sucht ihn.«

Ich sah, wie Lars an der Fensterbank die Hände überm Kopf zusammenschlug. »Bist du dir sicher, dass du mit jemandem aus so einer bekloppten Familie zusammen sein willst?«, rief er Sascha zu.

Am liebsten wäre ich im Erdboden versunken. Ein Glück nur, dass ich ganz weiß geschminkt war, so konnte Sascha wenigstens nicht sehen, wie ich knallrot anlief. Was hatte sich Lars nur dabei gedacht, und woher wusste er überhaupt, dass ich in Sascha verknallt war? Und viel schlimmer noch, was würde Sascha jetzt sagen? Ich wagte kaum, ihm in die Augen zu sehen.

Doch Sascha lächelte nur und griff nach meinen Händen.

»Ja, da bin ich mir ganz sicher, *cielito lindo*, du kleines Gespenst. Ich will dich nicht tot, sondern genauso lebhaft, wie du sonst immer bist.«

»Wirklich?«, flüsterte ich und konnte gar nicht glauben, was gerade passierte.

Sascha schaute mir lange ins Gesicht. Oje, wie meine Schminke wohl aussehen musste. Gewiss ganz verlaufen, nachdem ich geweint, gelacht und geschwitzt hatte. Egal. So sah ich nun mal aus.

»Ja, Leo Schneider«, sagte Sascha und strich mir eine Strähne hinters Ohr, »und es ist mir ganz egal, ob du blonde, braune oder schwarze Haare hast, von mir aus auch gar keine. Du siehst mit jeder Haarfarbe toll aus!«

Liebe Oma Emmi,
du glaubst nicht, was hier alles passiert ist. Opa ist on the road. Wirklich. Er ist verreist. Nach Amerika. Mit seinem alten Schulfreund Reinhard Rathjen. Sie wollen auf der berühmten Route 66 fahren. Auf der Straße, die ursprünglich mal von Osten nach Westen, von Illinois bis nach Kalifornien, geführt hat. Die Route 66, weil sie sich 66 Jahre nicht gesehen haben. Ist das nicht irre? Ehrlich gesagt glaube ich, dass sie direkt nach Santa Monica geflogen sind, um sich an den Strand zu legen.
Du würdest Opa nicht wiedererkennen. Ich hatte dolle Angst, dass er auch stirbt, weil

er deinetwegen so traurig war. Aber jetzt hat er wieder Lebensmut. Ich hoffe, das ist in Ordnung für dich. Opa hat gesagt, dass Fernanda und ich ihm auch mit dem »Tag der Toten« geholfen haben, weil man da singt und nicht weint. Er findet das als Motto super. Und außerdem, meinte er noch, würde er dich eh bald wiedersehen. Wenn er nach Hause kommt, will er dir dein Leibgericht kochen oder Mami bitten, dir dein Lieblingsessen zu kochen. Und dann gelbe Blumen in seinem Zimmer verstreuen. Obwohl er glaubt, dass du den Weg auch so findest.
Er zieht wieder in eure Wohnung. Das hat ihm Reinhard geraten. Und wenn er da nicht mehr sein will, dann will sein Freund versuchen, ihn in der Seniorenunterkunft unterzubringen, in der er lebt. Fast könnte ich mir vorstellen, dass Reinhard Rathjen noch zu Opa zieht. Na ja, keine Ahnung. Jedenfalls habe ich mein Zimmer wieder.
Fernanda fliegt bald wieder nach Hause. Lars und sie sind total süß miteinander, aber erzähl nicht weiter, dass ich dir das gesagt habe. So was Nettes sagt man ja nicht über seinen Bruder. Manchmal machen wir was zu viert. Fernanda, Lars, Sascha und ich. Es läuft gut mit uns. Neulich waren auch Kati und ihr

Freund dabei. Er heißt Malte, hat Kati mir kichernd erzählt, und spielt sehr gut Boule. Das kannst du jetzt nicht verstehen, ist aber sehr lustig.
Sascha und ich waren auch noch mal alleine im Kino. Da war ich netter als beim Mal davor. Wir hatten so einen Lovechair, wo man ohne Lehne nebeneinandersitzt. Sascha hat mich gefragt, ob ich ihm nicht noch mal Spanisch-Nachhilfe geben könnte. Er wollte, dass ich ihm sage, was **abrazos y besos** auf Deutsch heißt. »Umarmungen und Küsse«.
Liebe Omi, ich habe es ihm nicht gesagt. Ich habe es ihm gezeigt!

VOLLKOMMEN VERLIEBT

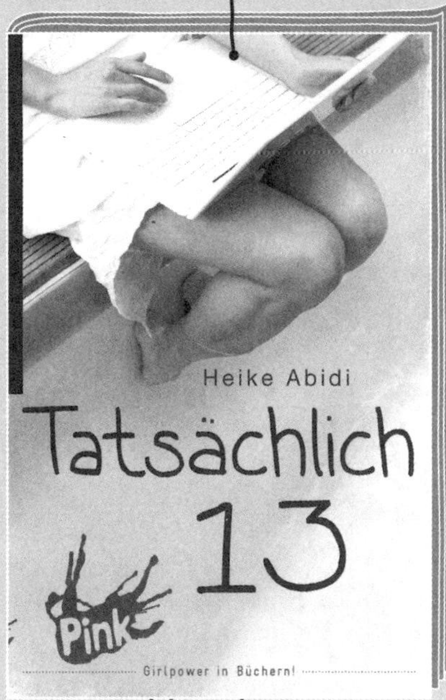

Heike Abidi
Tatsächlich 13

Der Countdown läuft! Bald wird Henriette 13 und somit offiziell ein Teenager. Bis dahin muss sich aber noch einiges tun, zum Beispiel die Sache mit dem festen Freund. Und sie will noch einige wichtige Dinge rausfinden: was Verliebtheit ist, wie man toll küssen kann und warum Eltern immer so oberpeinlich sind. Bei ihren Experimenten lässt sie kein Fettnäpfchen aus ...

176 Seiten – Ab 11 Jahren
ISBN 978-3-86430-025-7

spannend

total witzig

Liebesrecherche

IM FASHION-FIEBER

Usch Luhn
Good Luck Fashion

Larissas Leidenschaft ist das Entwerfen und Nähen von Klamotten. Plötzlich steht ihr bisher unbekannter Vater vor der Tür! Larissa weiß gar nicht, ob sie ihn kennenlernen will. Aber sein Beruf interessiert sie, denn ihr Vater ist ein total angesagter Modefotograf! Und er unterstützt sie dabei, ein Kostümpraktikum in einer großen Filmproduktionsfirma zu machen …

176 Seiten – Ab 12 Jahren
ISBN 978-3-86430-038-7

Cool

Stylish

Kostüme

Pink